Edith Holden

THE COUNTRY DIARY OF AN EDWARDIAN LADY

一九〇六
英伦乡野手记

〔英〕伊迪丝·霍尔登 著

紫云 译

上海译文出版社

沃里克郡
奥尔顿
雏菊坡

伊迪丝·布·霍尔登[1]

一九〇六
英伦乡野手记

坐在山岩上，对着河水和沼泽冥想，
或者缓缓地寻觅树林荫蔽的景色，
走进那从没有脚步踏过的地方，
和人的领域以外的万物共同生活，
或者攀登绝路的、幽独奥秘的峰峦，
和那荒野中、无人圈养的禽兽一起，
独自倚在悬崖上，看瀑布的飞溅——
这不算孤独；这不过是和自然的美丽
展开会谈，这是打开地的富藏浏览。

拜伦[2]

一月

　　命名源自古罗马神祇雅努斯，他有两张脸，分别朝向相反的方向，一面回望过去，一面憧憬未来。[3]

一月一日　元旦
一月六日　圣诞后第十二日 主显节

苍老的一月随后登场，
层层紧裹御寒的衣裳；
却如死之将至，战栗不止，
还要用力呵气，暖着手指：
这手失了知觉，只因成天挥舞
那一把利斧，他伐倒林木，
又将树上冗余的枝干修剪。

埃·斯宾塞《仙后》[4]

谚语

一月寒霜重，瓦罐火上冻。
一月草，一年难。
一月雨，春无晴。
一年十二月，黯淡数一月。

January

青山雀

煤山雀

大山雀

一月

正是这些叶子，秋意一浓，
便染作赤褐色落下，将树干洗劫一空，
飘入许多隐蔽巢穴中，堆积成山，
在那里，冬天正蹲守旁观
寒冷而严酷；当雪花莲满心欢喜
迎来林间浓荫，叶子仍在那里，
即便南方芬芳的气息穿过空地，
群鸟和树枝宣布春天重归此地。

麦肯齐·贝尔《旧年的叶子》[5]

那么，对于你，所有季节都美妙：
要么是盛夏，大地一片绿茸茸；
要么是早春，积雪在丛林灌莽里，
知更鸟歌唱在苍苔斑驳的苹果树
光秃的枝头，旁边的茅屋顶上，
晴雪初融，蒸发着水汽；檐溜
要么滴沥着，在风势暂息的时候
声声入耳，要么，凭借着寒霜的
神秘功能而凝成无声的冰柱，
静静闪耀着，迎着静静的月光。

萨·泰·柯尔律治《午夜寒霜》[6]

榆树、夏栎、山毛榉、
栗树和欧亚槭的枯叶

黑水鸡

一月

一日　元旦。晴明，严霜，酷寒。

五日　暴风骤雨自西南方袭来。

十一日　拜访运河岸边的小树林，去采集堇菜叶。拂去树下堆积的一些枯叶，发现一株斑叶疆南星正从泥土中抽出白色叶鞘。轻轻拨开叶鞘外层，那略带暗斑的苍黄叶芽清晰可辨，一片片结结实实地卷缠着，漂漂亮亮地裹藏在白色鞘壳里。我留意到西洋接骨木丛中有不少叶芽已然泛绿。

十二日　看见一群黑水鸡在新犁的田地上觅食，不远处是一方池塘。

十四日　暴风骤雨。

十八日　今天见到一株奇特的夏栎，长在埃尔姆登公园附近田野中。远远看去，似乎有一半已经死去，而另一半却仍苍翠茂盛。仔细观察才发现，原来主干和其中两根主枝属于夏栎，有生苔的橡实壳斗，叶面宽大而具深裂，是冬季落叶树。从树干顶冠上冒出来的那茂盛的另一半，却是一株软木栎的枝叶。两根树干的结合处几乎全无痕迹。[7]

一月

廿三日 清晨，雾浓霜重。上午九点半左右雾才散尽，太阳光辉大盛。到乡间溜达了一圈。

所有树与灌木生出的所有嫩枝都镶上了银边，映衬着天空；路边一些枯草和果皮尤其美丽，细微之处凝着霜花，在阳光下闪闪发亮。下方田野中，成群的秃鼻乌鸦和紫翅椋鸟出没其间，一对俊俏的红腹灰雀躲在山楂丛中。一两周前荆豆还在盛开，直到上周寒霜来袭，辣手摧花。暖冬催生出榛树花序，早得喜人，绿色小花在其中一些花序上恣意伸展，雌花秀气的小红星星慢慢露了头。忍冬也萌发了绿叶，为地表植被献上星星点点的绿意。[8]

廿六日 过去几周以来，一只好奇过头的知更鸟在我家和邻居们的花园中频频出没。普通知更鸟的羽衣上端呈棕色，泛着橄榄绿。这位却是浅浅的银灰色，四处扑飞时像是一只白鸟挺着猩红胸脯。我听说这家伙去年夏天就常在此地露面了，如此惹眼却至今未成为某些人猎枪下的牺牲品，可真是个奇迹。

常春藤

榛树的雄花序和雌花

忍冬

一月

廿七日　花园里，欧洲报春、丛花报春、菟葵、欧瑞香和雪花莲都纷纷盛开。
　　　　每一个温暖的早晨都有小鸟在歌唱，一唱就是一整天。

廿九日　今天我在地里采了几束雏菊，还看到几株正值花期的红豆杉。小荨麻
　　　　长高了，好些草本植物都萌发了绿叶，有毛地黄、糖芥菜和欧洁血丹等。
　　　　欧洲千里光也开花了。
　　　　处处都在犁地、筑篱、挖渠。今年一月是如此温和美妙。

谦卑的小花儿，绯色的瓣尖儿，
偏在这恶时辰和我遇见；
　像是我在尘埃间，
　将你的纤枝糟践；
如今我便是有千般手段，
也救不回你这漂亮心肝。

啊呀！可不是你那位好邻居，
漂亮的云雀，良伴佳侣，
　用花斑点点的胸脯，
　将你压弯，坠入寒露！
随即腾空而起，无忧无虑，
迎向东方泛紫的朝旭。

当蚀骨的北风还在呼号，
你已早早降世，无人知晓；
　便身陷风雨缥缈，
　仍旧快活而闪耀，
你那娇柔的躯壳，
最依恋大地母亲的怀抱。

繁花盛开在我们的花园，
自有高树与围墙来护掩；
　而你，唯片土乱石相伴，
　将光秃秃的残茬地装点，
孑然独立，无人得见。

且披着褴褛衣裳，
将如雪的花心捧向太阳，
　你昂首而不张扬
　姿态亦如此谦恭；
而犁铧却来毁了你的眠床，
留下你，倒在尘埃中。

彭斯《致一支山雏菊》[9]

冬天将你插入花环，
他那几缕灰发也能勉强打扮，
用最温柔的气息，春天吹开云帆，
　　　　只为照见你；
整片夏天的原野都属于你，不消去问，
还有秋天，那忧郁的人；
　　当雨水洒落你身，
　绯色的瓣尖儿便生出欢喜。

成群结队排排站，跳起莫里斯舞，
　　你和路上行人打招呼，
当他们向你致意，又备感满足；
　　　　不必胆怯，
也不必伤悲，就算无人留意：
　总是独自在遥远角落里；
就像灵光一闪，我们遇见你，
　　　　求之不得。

　年岁之子！你东奔西跑，
愉快玩耍——当新的一天来到，
就该如云雀或野兔宝宝，
　　准备向太阳问好，
你也应重获久违的赞美；
你对于未来的人类一样珍贵，
比起过去的岁月——你不曾空白，
　一直是自然心头的最爱。

华兹华斯《致雏菊》[10]

维菊（菊科雏菊属）

草甸上繁花错落，
我最爱那白色的、红色的花朵，
正是雏菊啊，镇上的人如是说。

乔叟[11]

维菊虽无香，然最为典雅。

弗莱彻[12]

谦卑的小花儿，绯色的瓣尖儿。

彭斯

维菊，你这低贱之后，
　却是大地织毯的刺绣，
如宝石缀在丝绒般的草地上头。

克莱尔[13]

雏菊——地上的明星，色如珠宝，
繁星一般的花朵永不凋残。

雪莱[14]

1. 长着雄花的红豆杉折枝
2. 果实
3. 不同阶段的雌花（放大图）

欧洲红豆杉
（红豆杉科红豆杉属）

一般来说都是雌雄异株，即雄花和雌花分别长在不同的树上。其叶有剧毒，浆果肉质部分无毒而种子有毒。红豆杉都很长寿，此间有好几株活到千年之久。据说德鲁伊人将红豆杉种在他们的圣林中。后来作为哀痛的象征，在教堂墓地里种植；还有人说红豆杉是造弓的好材料。[15]

紫杉树

华兹华斯 [16]

有棵紫杉，是劳屯山谷里的宝。至今，它还像从前那样地独自挺立在自己的郁郁葱葱之中。对于将朝苏格兰荒原进发的恩法维和帕西大军，对于渡海去阿辛古（或更早些的克雷西或波瓦蒂耶）拉开铮铮硬弓的人们，它毫不吝惜地提供武器。这孤独的树周边极大，树下是深深的幽暗！这一棵洁树长得实在慢，慢得永远也不会衰朽；它的形状和态势确实美，美得不会被破坏。但更值得注意的，是波罗谷里那兄弟般的四棵，它们凑成颇大的黑压压树丛；多粗的树干！而每个树干都是向上盘旋长去并缠在一起的纤维，缠得真年深月久；它构成种种离奇图像，样子叫亵渎者恐怖；这是些树干支起的凉篷，荫下寸草不长的红棕色地上——给常年的枯荟落叶染成这样——像是为了欢庆，深褐色的枝干缀着人见了未必高兴的浆果，中午时分，幽灵般的形象会在这枝干的天篷下相会：恐惧和颤抖的希望，寂静和预见，死神的骷髅和时光之影，都在一起做着礼拜；而那些树下就像是天然教堂，块块散落的青苔石便是庄严静穆的圣坛；要不就全都在那儿静静地躺着休息，倾听着山泉潺潺的声响发自格拉勒马拉最最幽深的洞穴。

February

13

二月

二月的命名可以追溯到"februare"一词，意为"净化"；还可追溯到"Februa"，即罗马的赎罪节，时间是二月份下半旬。

二月平常只有二十八天，闰年是二十九天。

二月二日 圣烛节
二月十四日 圣瓦伦丁节（情人节）
二月廿四日 圣马提亚节

谚语　　　　二月春汛应时开，落雨苍苍落雪白。

为免一年风雨苦，唯愿二月无晴日。

圣烛节时天晴好，寒冬漫漫何时了。
圣烛节时雨潺潺，寒冬一去不复返。

二月不雨，草木忧，庄稼愁。

二月闻雷，良夏可期。

二月

旧月已逝，新月伊始，
自欢快的钟声送走颓年，
自久违的新绿重又出现，
急不可耐地等待暖日；
虽然远山依旧低迷灰暗，
初生的雪花莲已如闪烁的火焰
用绿色的顶芽刺破冰冷的地面，
幽暗的树林里，漫游的小人儿，
或将邂逅一枝报春。

哈特利·柯尔律治
《一八四二年二月一日作》[17]

二月仙姝雪花莲

二月

一日 兴味索然的一天。上午洒了几星毛毛雨，下午又放晴了，天气温和明朗。

二日 圣烛节。狂风暴雨。

三日 今天的《记事报》报道说，有人在多佛尔发现一只乌鸫在巢里下了两枚蛋；伊登布里奇的一只林岩鹨下了四枚蛋；埃尔姆斯特德的一只知更鸟已经有五枚蛋了。[18]

七日 采了几枝盛开的多年生山靛；在所有野生草本植物中，不算雏菊和千里光的话，开花最早要数它。

八日 今天有一场雷雨，倾盆而作，间杂冰雹。

九日 昨天夜里暴风雪，早上醒来向外望去，只见大地白茫茫一片。这是今冬第一场大雪。我在草地上扫出一块空地，撒上面包屑和米粒儿，引了成群的小鸟飞来。我数了数，椰子壳和用来支撑的三脚架上，总共停靠了八只山雀。今天早上，这些小山雀开战了，打得不可开交。一只小蓝头霸占了椰子，蹲坐在正中间，还一边不断向其他鸟儿发出挑衅。看他窝在壳里，朝一只过来的大山雀张喙舞翅、嘶喊拍打，那样子实在是逗得很。今天凌晨五点五十七分有月偏食，傍晚八点出现了漂亮的彩虹色月晕，分外皎洁明晰。

十日 风雨自西南方袭来；冰雪急融。

十二日 今天我又去了趟堇菜林，地上的斑叶疆南星早已亭亭玉立；堇菜芽儿也顶着绿色小喇叭冒了头。林间地上覆满了五福花的幼苗。
在回家的路上，收集了一大把荆豆花。
榆树才刚刚开花，柳树却早已捧出毛绒绒的白絮——倒是还很幼小。

十三日 雪下了一整天。

十四日 情人节。霜严日好。

柳絮

斑叶疆南星
（天南星科疆南星属）
正在展开的叶子

多年生山靛
（大戟科山靛属）

山上的荆豆，金灿灿，
常青不败，历月经年。
是不是你，教我们强大？
就像你多刺的鲜花，
不管谁来采摘捆扎，
也不管雨雪如何践踏，
一如你生长的地方，
山坡生涯惨淡无光。

山上的花，光彩缤艳，
是不是你，教我们乐观？
当夏天一去不返，
我们心中仍有繁花开满。
而你，多蒙上苍恩典，
捧出山头星星点点，
向冬天的大地证明美丽不减。

荆豆
（豆科荆豆属）

山上的荆豆，以蓝天为幔，
在那学术宝座前
将我们一一指点：
最智慧之言，
乃至谦之言。
如你们虽处山峦之巅，
却贴地生长，与谦恭野草为伴！

山上的荆豆，自从林奈
跪倒在你身边的草地上，
为你的美丽而感谢上苍，
也为你的教谕；你应受我们一拜，
在你面前，五体投地！
起身时——若有那水意，
缀在脸上——唉，那并非眼泪，却是露滴。

伊·巴·布朗宁[19]

二月

十五日　下午从索利哈尔散步回家的路上，我留意到一大群蚊蚋在透亮的阳光下飞舞。在渠岸上先后目击两只小鼩鼱，一见我就都飞也似的冲回洞里。[20]

十六日　今年头一遭听到云雀之歌。

廿四日　骑车穿过索利哈尔和本特利希斯，到帕克伍德去。途经一处乌鸦群栖地，那些秃鼻乌鸦都在忙着增建旧巢，叽叽喳喳不亦乐乎。堤岸那边，一只小知更鸟正为筑巢东奔西走，收集材料；再往前一点儿，一只欧歌鸫嘴里叼满长长的稻草；到处可见柳树枝干上缀满毛绒绒的小白球，欧洲桤木的花序渐渐泛红；帕克伍德市政厅花园毗邻教堂墓园的边界上，大片大片的雪花莲正在盛开；我摘走了一大束。当地农人从家里抱出一只小羊羔给我看，这天早上总共生了三只。我把小家伙抱在怀里，它一点儿也不害怕——黑乎乎的小脑袋一个劲儿往我脸上蹭。[21]

顶着雨夹雪，骑了七英里到家。

廿七日　忏悔星期二。[22]

廿八日　圣灰星期三。今年二月份的冬季气候倒比冬天那几个月份还要多。[23]

鼩鼱住在土里打洞挖出来的地道中。它们以昆虫和蠕虫为食；修长而灵活的鼻子，使其觅食如获天助。鼩鼱十分不耐饥，经受不住时日持久的断粮。据说，那些在秋天时节尸横乡野路间的鼩鼱大部分死于饥馑：蠕虫一到秋天就钻入地底，让鼩鼱鞭长莫及，昆虫则藏进它们冬天的秘室。大概是因为鼩鼱身上会发出一种十分强烈的臭味儿，它们的尸体连臭鼬和猫头鹰都不敢光顾。在乡村地区，人们向来对这种可爱无害的小动物怀有一种迷信般的恐惧和厌恶。

写给小鼠

罗伯特·彭斯[24]

啊，光滑、胆怯、怕事的小东西，
多少恐惧藏在你的心里！
你大可不必这样匆忙，
　　　　一味向前乱闯！
我哪会忍心拖着凶恶的铁犁，
　　　　在后紧紧追你！
我真抱憾人这个霸道的东西，
破坏了自然界彼此的友谊，
于是得了一个恶名，
　　　　连我也叫你吃惊。
可是我啊，你可怜的友伴，土生土长，
　　　　同是生物本一样！

我知道你有时不免偷窃，
但那又算什么？你也得活着呼吸！
一串麦穗里捡几颗，
　　　　这点要求不奇。
剩下的已够我称心，
　　　　不在乎你那一份。

可怜你那小小的房屋被摧毁，
破墙哪经得大风来回地吹！
要盖新居没材料，
　　　　连荒草也难找！
眼看十二月的严冬就逼近，
　　　　如刀的北风刮得紧！

你早见寂寞的田野已荒芜，
快到的冬天漫长又艰苦，
本指望靠这块避风地，
　　　　舒舒服服过一季。
没想到那残忍的犁头一声响，
　　　　就叫你家园全遭殃！

这小小一堆树叶和枯枝，
费了你多少疲倦的日子！
如今你辛苦的经营全落空，
　　　　赶出了安乐洞！
无家无粮，就凭孤身去抵挡
　　　　漫天风雪，遍地冰霜！

但是鼠啊，失望不只是你的命运，
人的远见也一样成泡影！
人也罢，鼠也罢，最如意的安排
　　　　也不免常出意外！
只剩下痛苦和悲伤，
　　　　代替了快乐的希望。

比起我，你还大值庆幸，
你的烦恼只在如今。
我呢，唉，向后看
　　　　一片黑暗；
向前看，说不出究竟，
　　　　猜一下，也叫人寒心！

如今北风已经宣告消停，温暖的西南风刚刚苏醒，
众神出行云拥雾绕，大地之上绿旗飘摇。

乔治·梅雷迪恩[25]

几种花序

黄花柳
（杨柳科柳属）

欧洲山杨
（杨柳科杨属）

红皮柳
（杨柳科柳属）

欧洲桤木
（桦木科桤木属）

三月

在罗马历和一七五二年前的英国教会年历中，三月向来是元月，法定新年从该月廿五日开始。一五九九年，苏格兰始将元月改至一月。罗马人称此月为"马蒂乌斯"，此名源自战神马尔斯；盎格鲁-撒克逊人则呼之"暴月"，意即"喧嚣"或"风雨"之月。[26]

三月 一日 圣大卫节
三月十二日 圣格雷戈里节
三月十七日 圣帕特里克节
三月廿五日 天使报喜节

谚语

三月干尘两加仑，赎得帝王富贵身。[27]

三月雾浓，五月霜重。

三月借来四月天，天公三日不开颜。
头日飞雪夹冰丸，次日偏逢雨绵绵。
最后一日透骨寒，众鸟戚戚离树堆。

三月遍地找，四月走着瞧，
是死还是活，五月见分晓。

三月无端恼人天，来似猛狮去如羊。

March

三月

暴烈的三月终于来临
裹挟着风云和多变的天宇；
我听到疾风在狂飙突进
越过积雪之谷匆匆奔去。

啊！零余的过客，一声声
狂野暴烈之月！都是你的赞歌；
尽管吹着那喧嚣阴冷的风
在我眼中你是如此多情好客。

因为你，将喜悦的晴晖
带回这片北方的土地
也是你，与温柔之流交汇，
以春天温柔的名义。

在你那疾风暴雨的国度，
多少悠长明朗的夏日露出笑脸，
当风心轻轻来，吹得暖乎乎，
当天空披上五月的蓝。

布赖恩特[28]

春光悄悄地，在说些什么？
是你呀，小河流，
才刚从迷梦中惊醒，
又开开心心去欢迎，
持网来打鱼的朋友，
再快一点，夏日就在眼前，
呀呀呀呀，风儿吹得真暖，
到水獭巢边使劲儿唠叨，
常春藤农庄前再冒个泡；
唤醒岸上的报春花，
吩咐董菜睁开双眼，
匆匆流淌在宁静苍穹下，
有满耳的"谢谢"相伴！
这场狂欢该有多盛大
小仙子结队穿过草原，
借着月光施魔法，
林地银莲做花冠！
鸫鸟在黑刺李丛中，
拂去心灵千万苦痛，
多少好歌也唱不完，
对春天的期待满满——
春天来了！

诺曼·盖尔[29]

这树篱生得可真够妙，
把那精巧的鸟巢藏起；
还遮住只耐心的鸫鸟，
双眼亮闪闪，
花纹斑驳的胸羽下面，
孕育着五个小小天地！

尽管日日夜夜，
生命在形成，
但她爱怜的小世界，
仍旧无声无息，
她胸前的锦色渐渐褪去，
不再完整。

那薄淡的蓝纱，终于掀起，
万物苏醒，向鸟儿注入生机，
婴儿的初啼便震荡天地。

欧歌鸫及其雏鸟

如今那位鸫妈妈，
幸福又骄傲
她有一个小巢要照料，
可爱的鸟宝宝要喂饱
当西方天色渐暗，
还要哄着睡觉。

诺曼·盖尔[30]

欧歌鸫的蛋

三月

一日　今年三月来时好似羔羊，携和风细雨自西南方而至。

四日　阳光灿烂。这是今春第一个暖和的日子。所有的云雀都飞上碧空，唱起歌来。我出去溜达了好久。发现款冬和田野婆婆纳开花了；杂树丛下方淌着一条小溪，向阳渠岸上只见大片大片的欧洲报春，一条条根茎顶着硕大的花骨朵儿，绿叶之冠如雾海一般团团围绕；白屈菜的花苞也不小了，再来一两周叔暖的天气，就会迫不及待地绽放。到处都有兴奋的鸟儿出没，树篱树木无不流出妙音，汇成好一支大合唱！

六日　夜里看到一只蟾蜍在大厅里跳来跳去；肯定是从花园小门溜进来的，这门一整天都开着。又是个大晴天。连续三天天晴，引得树篱中的小叶芽儿纷纷冒了出来；榆树花也在盛开，露出小小的花药花丝。早上我去了黄水仙生长的地方；花苞全都高出青草一大截，笔直秀挺，就像小小的绿矛尖顶在一片蓝青色矛林上。

十日　骑车到布什伍德半英里内的柳林；不巧是个阴天，春雨连绵，乡间一片阴寒灰暗。没了阳光，榆树和欧洲桤木那淡红的花序也都黯然失色。踩着自行车在树篱之间穿梭时，我看到许多鸟儿仍在冒雨筑巢。稍稍偏离主道，沿着通往金斯伍德的羊肠小径往下走，寻访蓝色小蔓长春花生长的陡崖。花儿大多才刚绽开；找来找去只有一朵已然完全盛放。我要去白花堇菜地和白色小蔓长春花惯常出没的堤岸，位置有点偏，于是不得不抬着车子，在陡峭泥泞、荆棘丛生的浅滩里走了四分之一英里，这一路两侧都是高高的堤岸。在这些荫蔽的堤岸上，看到了白屈菜小小的花，还有莓叶委陵菜今春初开的花。[31]

尖刺头山楂的新叶

啮蚀叶榆
（榆科榆属）

小毛茛
（毛茛科毛茛属）

款冬
（菊科款冬属）

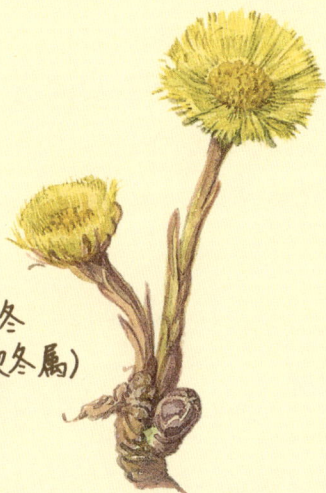

早春命笔

华兹华斯 [32]

丛林里，我斜倚一树而坐，
　　听到千百种乐音交响；
我心旷神怡，听着听着，
　　愉悦带来了怅惘。

内在的性灵，由造化引导，
　　与外在的景物互通情状；
我不禁忧从中来，想到
　　人把人弄成什么样。

长春花牵引着小小花环，
　　穿行在樱草丛簇的绿荫里；
我深信：每一朵花儿都喜欢
　　它所呼吸的空气。

鸟雀们跳着玩着，我不知
　　它们在想些什么；
但它们细小的动作举止
　　仿佛都激荡着欢乐。

小树枝铺开如扇子，去招引
　　缕缕轻快的微风；
我反复寻思，始终确信
　　其中有乐趣融融。

倘若这信念得自上天，
　　倘若这原是造化的构想，
我岂不更有理由悲叹
　　人把人弄成了这样！

三月

十日
（续）
走到小路的尽头，我把自行车靠上堤岸，就地在篱笆处野餐。
一只漂亮的松鸦披着一身春天的华羽，从小径上空呼啸而过，飞进对岸的落叶松林里。对于这个闯入如此荒僻之地的人类，他似乎有些愤愤然。我很高兴看到白色小蔓长春花仍在堤岸上"牵引着小小花环"，不过还是些蓓蕾；堇菜也一样，鲜绿的叶子下面花骨朵儿才刚要绽开。在无数鸟儿的啁啾中，我辨出了欧歌鸫、乌鸫、林岩鹨、云雀、鹪鹩、大山雀、苍头燕雀、金翅雀、白鹡鸰和黄鹂的鸣声。尤其是黄鹂，一身艳黄羽衣高立于树篱上，十分抢眼；他不停叫唤——很难称得上是一支歌——奇怪的尾音拖得很长，一遍又一遍重复。乡间学舌说是："一点点面包，但不要干酪——"在坝伯兰郡，人们说黄鹂唱的是："坏蛋坏蛋，不要碰俺——"在苏格兰，该鸟俗称"乐得林"或"黄娇娘"。我留意到白色长春花有五片花瓣，而蓝色花却只有四片，不知是否向来如此。[33]

十二日
潮湿而多风的一天过后，今晨我们在一场如期而至的暴风雪中醒来。漫天雪花随风乱舞，我却于此间听见云雀之歌。

十三日
昨晚又下了一场大雪。天寒地冻，早上一众鸟儿都噤若寒蝉。好多鸟儿到草地上来寻求喂食；紫翅椋鸟和雄苍头燕雀刚换上春装，看着特别精神。

十四日
早晨结了浓霜，阳光却很好。春阳气血方刚，不一会儿就消融了冰雪。下午时分，我去了堇菜林；令人惊喜的是，在一片荫蔽的林间空地上看到了好些鲜艳夺目的紫花。回家途中，还在小径一侧边坡上看到一座知更鸟巢，很明显刚刚完工；这也是我今年所见第一个筑好的鸟巢。

二十日
又去了一趟黄水仙花田；不过花骨朵儿才刚泛黄。倒是看到两座欧歌鸫巢，都筑在冬青丛里；一座是空的，另一座当中有一只欧歌鸫正在抱窝；她直盯着我看，眼神如此无畏而明亮，我实在不忍心打扰她，不管我有多么想再偷偷瞄一眼那些蓝底带小斑点儿的蛋。今天见到一些绿色的五福花。

三月

家麻雀和紫翅椋鸟　　　鹪鹩　　　秃鼻乌鸦

欧歌鸫

乌鸫　知更鸟　　　　　　　篱雀　　槲鸫

三月份开始筑巢的鸟儿
生下的蛋

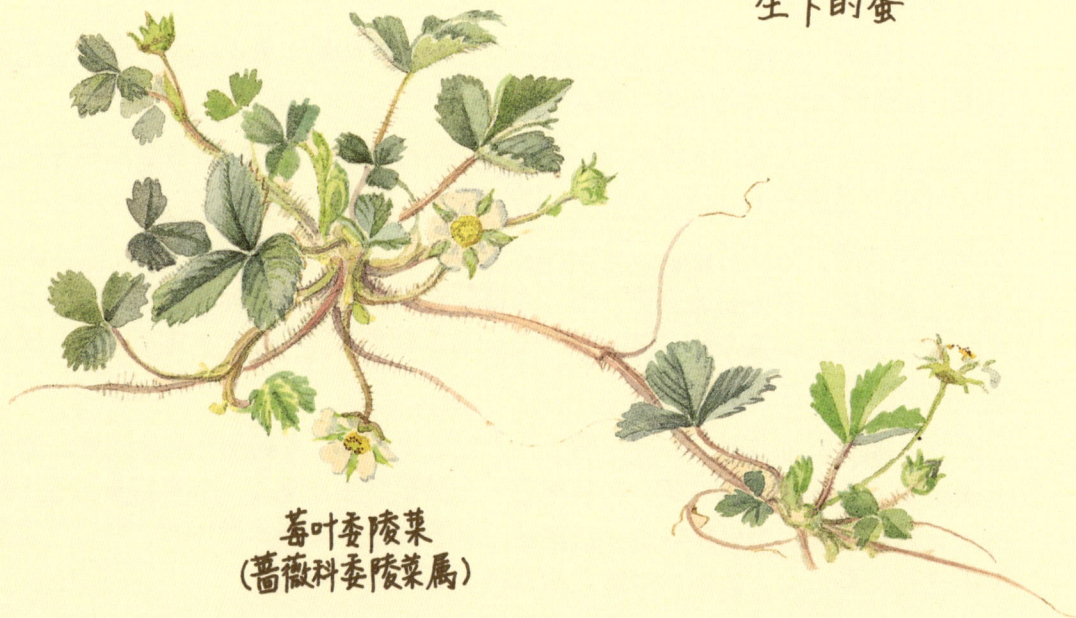

蓄叶委陵菜
(蔷薇科委陵菜属)

听听！那画眉唱得多欢快，
他也一样，绝不是什么传教士：
走到万物之光里来，
让自然做你的老师。

华兹华斯 [34]

阴郁的冬天正在消逝，
西地的微风冉冉吹起，
斯坦利晓林的桦木里，
那画眉声声唱得欢喜，嘿。

高翔于牛顿森林上面，
白云成了云雀的团扇，
黄花柳的蓓蕾银灿灿，
装点荆棘丛生的渠岸，嘿。

罗·坦纳希尔 [35]

当雏菊将草原铺满，
当乌鸫将清歌啼遍，
我们的心也跳得欢，
一起迎接新的一年。

彭斯 [36]

我园中倚向篱笆外的梨树
把如雨的花瓣和露珠
洒满了树枝之下的苜蓿田；
聪明的鸫鸟在那儿唱，把每支歌都唱两遍，
为了免得你猜想：它不可能重新捕捉
第一遍即兴唱出的美妙欢乐！

罗·布朗宁 [37]

乌鸫的巢和蛋

于是鸫鸟歌唱，我的脉搏和着榆树的新叶一起震颤。

伊·巴·布朗宁 [38]

黄花柳三月的花序

蓝色与白色小蔓长春花
（夹竹桃科蔓长春花属）

在燕子尚未归来之前，就已经大胆开放，
丰姿招展地迎着三月之和风的水仙花。

莎士比亚[39]

苍头燕雀

小小水仙来镇上，
衬裙娇黄绿袍长。

当水仙初放它的娇黄，
嗨！山谷那面有一位多娇；
那是一年里最好的时光，
严冬的热血在涨着狂潮。

莎士比亚[40]

黄水仙
（石蒜科水仙属）

三月

廿五日　雨夹雪大举来袭。下午的暴风雪阵仗不小。

廿八日　收集了一些黑杨的绯色花序；月底这几天十分干冷；北风凛冽，三月干尘处处有。

今晨有人从池塘里捞来一些蛙卵，连同石蚕宝宝一起。这些石蚕宝宝都窝在滑稽有趣的草木小编筐中；其中一只看起来很聪明，在他的蜗居墙上糊满了艳绿色灯芯草和水生植物的枝叶。

卅一日　骑车到布什伍德，天气阴郁凝滞，土路干爽济楚。三月份如羔羊般渐行渐远了。

今天我没进林子，想必再过一两周，林中就会铺满了欧洲报春花。倒是在田地两侧堤上和路旁发现了好多欧洲报春花和香堇菜（有蓝色和白色）。在迪克小径尽头处看到今春第一朵犬堇菜花开放。黄花九轮草才结出花苞；白屈菜却已开得如火如荼，照亮四方沟渠；莓叶委陵菜星星点点，缀满田堤。我还看到两座知更鸟巢和两座乌鸫巢，不过里面没有鸟蛋。在树篱间穿行时，看见一大群可人的鸟儿。一只泛青的小灰鸟儿穿道掠过，我琢磨了一会儿，料定是只莺鸟；但这家伙又飞回来，在树篱上待了一阵子，我才认出原来是只戴菊。不过至今仍未看到任何夏天的访客。我记得每年最早抵达英格兰的鸟儿是穗鹎，但在乡间这一带却不见其踪影。通常情况下，此地最早露面的是叽喳柳莺，紧随其后便是欧柳莺。

三月可真够冷的，但大体上还算干燥：首周有那么两三天晴明煦暖，就像是夏日送来的尝鲜体验。

五福花
（五福花科五福花属）

苔藓的胞芽杯

董菜日渐凋残，却仍比天后的眼睑或爱神的气息更甜美。

莎士比亚《冬天的故事》[41]

繁花的园子里春天醒来，
如同爱之精灵无所不在；
花花草草在泥土的怀中，
纷纷跃出了冬日的睡梦。

雪花莲和报春将林地点缀，
董菜正沐浴着清晨的露水。

彭斯[43]

先是雪花莲，接着是董菜，
在雨后湿热的大地上醒来；
呼吸融入草地送来的芬芳，
就像是嗓音配着乐器歌唱。

雪莱[42]

你们哟，最早露面的董菜，
纯紫色斗篷已将芳名揭开。

亨利·伍顿爵士[44]

我该如董菜一般，虽孤隐却甜蜜，
开朗如维菊一般，罕见而无形迹。
依旧从卑微的所在向阳凝睇；
依旧为冬日的寒风吐露香气。

克里斯蒂娜·罗塞蒂[45]

香董菜
（董菜科董菜属）

四 月

此月之名得自希腊文"开启"一词；在欧洲很多国家，四月一日长久以来一直有个滑稽的传统习俗，对其由来至今未得出令人满意的解释。这一天，人们会想方设法哄一个糊涂或轻信的人去办一件徒劳无用的差事。在英格兰，这样的人称为"四月愚人"，苏格兰人管这叫"打笨鸟"，而法国人则称之为"四月鱼"。[46]

四月一日 愚人节
四月廿三日 圣乔治节
四月廿四日 圣马可节前夕

谚语　　　四月天，东边晴来西边雨。

四月雷鸣，干草劲，庄稼兴。

四月流水大如瀑，青蛙蝌蚪共沉浮。

April

雏菊点点堇菜蓝，
美人衫儿白晃晃，
杜鹃吐蕾黄灿灿，
草甸生色春光忙。47

四月

啊，这爱情的春天多么像那
乍暖还寒、阴晴不定的四月天，
它一会儿放射出明媚的阳光，
一会儿满天乌云，阴暗一片。
　　　莎士比亚《维罗纳二绅士》[48]

很快落叶上空将有四月之风歌唱，
身边将有万千繁花团团开放；
绿骨朵儿在春露中闪光；
这一切春天的迷狂一如往常。
　　　约·基布尔[50]

来呀，花儿！——越过高山和草地，
甜蜜的气息与大海嬉戏；
伴着温存春日的笑声与泪光，
我听见画眉歌唱，在那滴水的枝上；
你呀，装点美丽绿野的花杯与繁星，
你呀，多刺的荆豆编织的黄金羽翼；
你呀，为紫色花车而生的忧郁风铃，
你呀，乳白花苞挂满山楂树的垂枝；
还有宝石般的堇菜，蔚蓝的眼睛，
脸儿泛红的银莲花，害羞的精灵。
穿过每一道开裂的墙——来呀！当我哼起歌儿，
请将你们的春霖，向我身边洒落。
　　　埃菲·霍尔登《问候之歌》[49]

羔羊们在草地上咩咩地叫，
小鸟在巢里唧唧地唱，
小鹿们追逐着影子欢跳，
小花儿们向着西方开放。

孩子们，从矿井和城市里出来吧，
唱吧，孩子们，像那小小的画眉鸟，
在牧场上采一把把樱草花，
笑吧，让花儿从手指缝里撒掉！
　　　伊·巴·布朗宁《孩子们的哭声》[51]

致黄花九轮草

艾尔弗雷德·海斯[52]

春天一切乐事之最
莫过于再次吸饮你的气息
是百花中最鲜美；
蓝铃花点亮灌木
报春花遍布幽谷
而你赤裸裸的美丽无人能阻
在那开阔的原野
新生的青草迎接
阳光与风雨的亲吻，
献出一份
春之精华，取自那一滴滴火红
这露珠曾染过伊摩琴的酥胸。

你晒出了雀斑，
当那孩子跪下来折断
你那强健的末端，
并用她雪白的围裙兜盛满
你这纯正的金黄；
无穷无尽的白色宝藏；

她手儿灵巧
将这一团丰饶
拢作一簇奢豪
那就像
一支权杖
因四月的元气而高扬。

对花朵最初的爱恋，该多么美好
将我晒红的脸庞贴着青草
这草生得如此繁茂
连青这个字眼都为之羞恼；
我采来鲜花几多丛
都满满地捧在怀中
好姐妹，我要亲吻你们
纯洁而温热的双唇；
又或许那金黄的汹涌
将收拢
一位黄花九轮草女王的光芒
她曾以如此崇高优雅之姿君临一方。

40

四月

一日　这一整天都阴沉沉的。到小树林里去，看见一大丛圆叶柳，此刻那景致如在画中：金色柳絮满缀垂枝丫，仿佛数百盏小仙灯点亮了树丛。小蜜蜂嗡嗡嗡，围着团团转，忙着采花粉。

四日　第三个大晴天。今天我又发现了一片野生黄水仙花田。在阳光召唤下，树木树篱上的绿芽都争先恐后窜了出来。最近几天，欧亚槭和山楂树焕然一新；欧洲落叶松也长出了穗状雄花。

七日　又是阳光灿烂的一天。骑车到诺尔，一路上驴蹄草和黑刺李都开花了。小蝌蚪纷纷挣脱胶状球卵，摇着黑不溜秋的小尾巴，在水池里疯狂游窜。池里还放了一条白杨鱼，逮着这些小家伙大饱口福。
欧活血丹正值花期。[53]

九日　南下到布里斯托尔附近的斯托克教堂。伍斯特郡内，埃文河一带的肥沃低地里正是金灿灿一片，覆满了驴蹄草；当我们穿过格洛斯特郡时，河岸上欧洲报春花星星点点开遍，还看到许多黄花九轮草。李树和西洋李子树都开花了。[54]

十日　继续南下，来到达特穆尔高地的道斯兰。铁轨沿线尽是丰茂的欧洲报春花。[55]

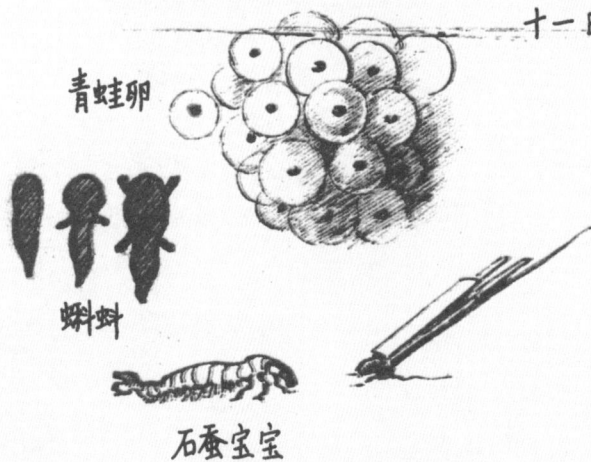

青蛙卵

蝌蚪

石蚕宝宝

十一日　阳光灿烂的日子。清晨在原野漫步，采了些欧洲报春花回来，其中有好几朵是我平生所见最大尺寸。这儿的野草莓、块根香豌豆、白花酢浆草和硬质繁缕都正值花期。下午我前往沼地，牵回一匹小矮马和一匹马驹。哥俩身着蓬松的冬衣，小模样儿真好看，希望明天一早就能开始写生。
站在高地上，整个世界仿佛只有天空和荆豆——千里万里无云碧空下，连亩成顷的金色荆豆，芬芳灿烂地盛开。两只毛眼蝶在阳光下扁翩翩起舞。

我来了，我来了！你已将我千呼万唤，
带着光明与歌声，我便越过万水千山！
在这初醒大地上，处处可见我的足迹，
是风儿将堇菜破土的消息传递，
是报春在荫凉草丛中铺开花海，
是绿叶随着我的脚步一一绽开。

我越过风雨如晦的北方群山，
落叶松将他的流苏挂到胸前，
渔夫扬帆在晴明的海上，
驯鹿们自由地跃过牧场，
松树新添一轮嫩绿的边，
凡我足迹所至，连苔藓也更光鲜。

赫门兹夫人[56]

银莲花和堇菜绽放
艳色仍欠一点芬芳
便已将这鲜嫩苍白的年景点亮。

雪莱[57]

每处夕阳下山的地方，
都有报春花泽被荣光，
只要堇菜花日久天长，
传奇就会将她们歌唱。

华兹华斯[58]

云雀叫醒甜蜜的晨光，
身披露水，振翼高翔，
乌鸦有他正午的荫凉，
振动森林，回声鸣响。
画眉的音符汩汩流淌，
哄了倦懒日子入梦乡：
爱与自由相伴，其乐如狂，
世间并无奴役，也无忧伤。

于是河岸之上，百合盛放，
山坡之间，报春初绽，
幽谷之中，山楂萌动，
野李花开，是牛奶一样的白。

彭斯[59]

丛林银莲花
（毛茛科银莲花属）

犬堇菜
（堇菜科堇菜属）

欧洲报春花
（报春花科报春花属）

四月

十二日　一上午都在地里画马驹，太阳晒得发烫，好在有几许微风。看到一只孔雀蛱蝶，早春紫兰也开花了。

十三日　惬意的星期五。去了巴雷托尔，下到米维峡谷。天气很干燥，此时若能来一场豪雨，定会有更多花儿开放。米维村边的这座峡谷里，欧洲报春花和酢浆草在鹅卵石和树根丛中蔓延成河。白杨树都垂挂着花序，几株幼小的欧亚槭花叶正茂。我们坐在河岸上休息的时候，看到一只苍鹭从对面斜坡上的树里飞出来，掠过林子上空远去；棕褐色的秃林，愈发映衬出他那粉红的长胫和灰白的翅膀。我们横穿沼地回家；好些地段开满了灿烂的荆豆花，不过在雅娜敦低地，还有荆豆焚烧后留下的一大片灰痕。[60]

十四日　看到第一只家燕和一只钩粉蝶。

十五日　复活节星期日。依旧晴好。看到一对毛脚燕；观察了露天水渠里的鳟鱼；在一棵小山楂树上发现一座就要完工的苍头燕雀巢。

十七日　蔓茎蝇子草花期已至。穿过田野，迎头撞见一大片正在盛放的樱桃树，沿着一道田堤一溜儿排开。堤埂分开田野，沿着小径向前延伸，这会儿开始像珐琅瓷器般镶嵌着小野花和蕨类植物，在那宽阔的顶部，矮树篱如桂冠环绕其上，蓝铃花开得愈发厚密。黑刺李丛如今正赏心悦目，那一簇簇如雪的花朵和深黄的荆豆形成鲜明对照。B小姐今晨收到一束欧白头翁可爱的花儿，从牛津郡寄来。[61]

十九日　阳光明媚，强东北风。动身徒步去劳里，走过雅娜敦低地时，我们看到一只小野兔在荆豆丛里刨了个浅坑躺着。它纹丝不动，直到我们差点踩上去，才自那欧石南和荆豆丛中猛地蹿起。沿着又长又陡的小路往下走向劳里，看到堤上一些粉色远志、药用委陵菜和石蚕叶婆婆纳正在开花。我们在修渠工的白色小茅屋对面拐入小路，越过水渠，穿过一大片延伸到湖边、满覆着沼生荆豆的草地。这里荆豆花和黑刺李花开得正好。泥塘中沼生堇菜和水毛茛都开花了，不过冒了头的泥塘花开依旧寥寥无几。我们还发现了好些林生马先蒿的花。[62]

毛眼蝶
（蛱蝶科毛眼蝶属）

黑刺李
（蔷薇科李属）

菜粉蝶
（粉蝶科粉蝶属）

野苹果的花苞折枝

白花酢浆草
（酢浆草科酢浆草属）

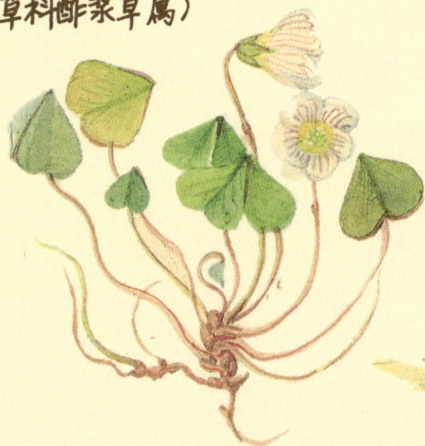

驴蹄草
（毛茛科驴蹄草属）

毛脚燕
（燕科毛脚燕属）

家燕
（燕科燕属）

早春紫兰
（兰科红门兰属）

林生马先蒿
（玄参科马先蒿属）

崖沙燕
（燕科沙燕属）

块根香豌豆
（豆科香豌豆属）

野草莓
（蔷薇科草莓属）

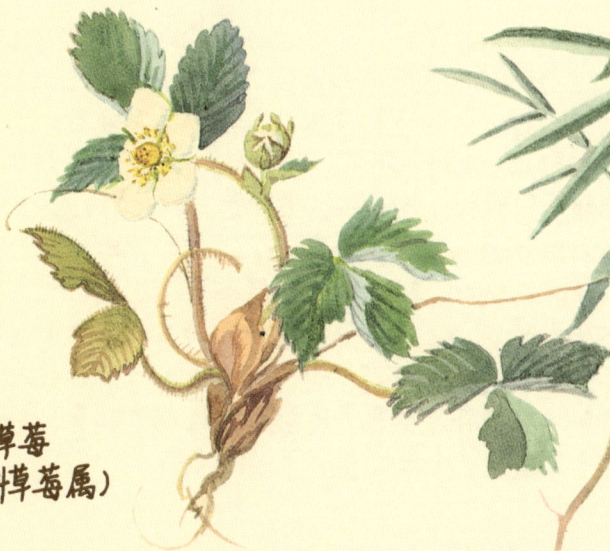

硬质繁缕
（石竹科繁缕属）

四月

十九日
（续）　水渠背阳一侧，倒悬水面之上的松萝铁兰挂着一串串冰凌。就在采石场下方的剪里道上，我看到一座堪称平生所见最精致的乌鸦巢，全用苔藓筑成，安措在紧靠路旁生长的荆豆丛枝上。鸟妈妈正端坐巢中，滴溜溜的黑眼睛注视着我们，但却纹丝不动，坚守岗位。
　　下午去了横跨沃尔克姆河之上的哈克沃西桥；这一路都是下坡。到了河边草甸，惊见一株蓝花牛舌草就在去年七月我遇到它的地方盛开，那是河边一处突悬的堤岸。欧洲报春花沿着田堤长得十分稠密；采了些草甸碎米荠，红花剪秋罗，蓝铃花和乌荆子李；回家途中，看到一株欧洲鹅耳枥正在开花。[63]

廿日　今年头一回看到并听到了叽喳柳莺。想必是有好大一群返回附近一带了，因为我已分别遇到三只不同的鸟儿，还头一回在沼地上看到欧洲石䳑。

廿二日　造访比克利谷，这是个三面环山的狭长深谷，自沼地切下，两侧陡坡树林密布，普利姆河从其深处蜿蜒而出。地表铺满了银莲花和蓝铃花，还有东一处西一处的欧洲报春花；高挑俊逸的扁桃叶大戟那鲜红的茎和淡绿的花极为惹人注目。这是我第一次看到这种植物。在一片小而开阔的林间空地中，我们邂逅了一大丛金灿灿的金雀花。整个河谷为树林所覆盖，郁郁葱葱连成一片——这里真是鸟的天堂；在一片鸣啭中，大山雀、叽喳柳莺、知更鸟和鹪鹩最易分辨。还发现了碎米荠花田以及一些山地婆婆纳花。我们徒步四英里，穿过小树林，到达河谷远端的普利姆桥。一只河乌掠过河面，荡入古旧灰石桥下的拱形桥洞，上面每一道裂缝都染着小小蕨类的苍翠。继续走到马什米尔斯车站，穿过逼仄的德文郡道，两边高坡上垂挂着鹿舌蕨和乌毛蕨旧年的叶子。我们在这里找到了正在开花的光亮老鹳草、红花老鹳草、蔓柳穿鱼以及糖芥菜。熬过不止三周的干旱天气，今夜终于迎来一场大雨。[64]

欧白头翁
（毛茛科白头翁属）

扁桃叶大戟
（大戟科大戟属）

小红蛱蝶
（蛱蝶科红蛱蝶属）

叽喳柳莺
（莺科柳莺属）

黑果越橘
（越橘科乌饭树属）

欧洲鹅耳枥和
欧洲白桦的花序

沼生堇菜
（堇菜科堇菜属）

糖芥菜
（十字花科糖芥属）

绿牛舌草
（紫草科绿牛舌草属）

钩粉蝶
（粉蝶科钩粉蝶属）

欧活血丹
（唇形科活血丹属）

四月

廿三日　天气晴冷。看到人们从沼地活捉回来的两条毒蛇，其中一条长达两英尺余。捕蛇者是位绅士，他毫无惧色地摆弄它们，还揪住其中一条的后颈部，用一根小木棍撑开它的嘴，露出上颚处两颗粉色小毒牙给我看。

一放到地上，这两条蛇便盘竖起来，嘶嘶作响，不停地向放在前方的一根手杖发起进攻。

伫立在雅娜敦低地最高处，望着夕阳渐渐落到山后。地平线上的云彩染作灿烂的金与紫，上有清澈的金色天穹。当我们出神凝望落日时，忽而一只隼飘入夕阳上方那片金海，半空悬浮，轻轻振翼，如是良久，随即陡然降落，沉入下方农场的紫色暮影。

廿五日　今天又发现了两座苍头燕雀巢，还有一座当中窝着四枚蛋的林岩鹨巢。这一两天来，欧柳莺已经在这一带露面了。道斯兰一位本地人领我去了一处遍生荆豆和荆棘的堤岸，他告诉我一准有只燕雀在此地筑巢。这种鸟儿我已久仰大名，因此很想再去一趟，好好观察一番。

廿七日　发现两座欧柳莺巢，都由苔藓筑成，一座在干草堆旁边，一座在堤岸上。见到一只雨燕。

廿八日　一阵阵冰雹霰雨。

廿九日　夜里下了好大雪；晨起望去，天地一片白茫茫；霰雨纷纷，给远处石山蒙上一层冰纱雪影。不久天放晴，石山上覆了一层雪，在阳光下十分炫目。

乡间其他地区早就听到布谷鸟的叫声了；但在此间沼地上，时至今日而未有。

卅日　凛冽的东北风，时雨时晴。整个四月下半旬，寒风暴雨持续不休。

欧洲孔雀蛱蝶
（蛱蝶科麻蛱蝶属）
及其幼虫

欧洲蝰蛇
(蝰蛇科蝰蛇属)

蝰蛇在英格兰一些地方相当多见，有些地方却从来没出现过。这种蛇牙有剧毒，有时咬伤会致命，因此乡人极为惧怕，常因急于除掉有毒的蝰蛇而误杀无害的游蛇。其实蝰蛇很好辨识，其脊椎上方有一条由黑色斑点构成的链条状纹路。捕食对象包括蛙、鼠和鸟类等。和大多数蛇一样，蝰蛇也是一种很胆小的生物，遇到敌人时，总是倾向于避开而非攻击。

《林地博物志》[65]

轻轻地，我听见一声儿，就在前方树林里。
幽绿林间空地的精灵，低吟他那悦人的名字。
是的，是他！鸟中隐士，离群独处；
将单调的鸣啭向温柔的西风缓缓倾诉；
布谷！布谷！他再次歌唱，音符全是天然，
最简单的曲调却最快奏响心灵深处之泉。

马瑟韦尔[66]

这是快乐的夜莺，迅疾地，促迫地，
滔滔不绝地倾吐着清婉的旋律，
仿佛他担心：四月的一夜太短了，
来不及唱完一篇篇爱情的赞歌，
来不及让他载满了乐曲的灵魂
卸下这沉沉重负！

柯尔律治[67]

五月女王

丁尼生[68]

你一定要醒来，早早叫我，好妈妈；早早叫我起床；
　明天将迎来欢乐的新年里最幸福的时光；
　在欢乐的新年里，妈妈，今天最开心也最疯狂；
因为我将成为五月女王，妈妈，我将成为五月女王。

　红花忍冬编出如波的花架围绕门廊；
　草间沟渠边吹过杜鹃花淡淡的甜香；
　驴蹄草在灰暗的沼泽与洼地中闪耀如火光，
而我将成为五月女王，妈妈，我将成为五月女王。

　妈妈，夜风来了又去，在那蓝草之上，
　天空中幸福的星星，仿佛也被风儿吹亮，
　明儿一整天都不会有一滴雨水来访，
而我将成为五月女王，妈妈，我将成为五月女王。

　妈妈，河谷上下都将遍布绿意，静谧而清爽；
　黄花九轮草和毛茛开满山冈，
　小溪闪耀在繁花似锦的山谷中，惬意游荡，
因为我将成为五月女王，妈妈，我将成为五月女王。

所以你一定要醒来，早早叫我，好妈妈，早早叫我起床，
　明天将迎来欢乐的新年里最幸福的时光；
　在欢乐的新年里，妈妈，今天最开心也最疯狂；
因为我将成为五月女王，妈妈，我将成为五月女王。

54

短柄野芝麻
（唇形科野芝麻属）

紫花野芝麻
（唇形科野芝麻属）

金发状毛茛
（毛茛科毛茛属）

城市水杨梅
（蔷薇科水杨梅属）

西洋梨
(薔薇科梨属)

黄花九轮草
(报春花科报春花属)

石蚕叶婆婆纳
(玄参科婆婆纳属)

草甸碎米荠
(十字花科碎米荠属)

五月

　　此月之名的来源至今未能确定。古代作家认为源自墨丘利之母迈亚，罗马人通常会在该月第一天为她献祭。在英格兰，五月第一天称作"五朔节"，过去人们会在这一天的拂晓时分走出家门，迎接春天的到来。五朔节花冠和花柱一度风靡全英。立在伦敦的最后一根五朔节花柱于一七一七年拆除。在罗马历中，五月称为"马利亚之月"。[69]

五月一日 五朔节

谚语

五月未远，巾服莫减。

冬日且除衫，五月忙添返。

五月剪羊毛，毛尽羊冻死。

五月寒风荡，年末谷满仓。

无论年荒与年丰，五月豆苗常殷盛。

May

叽喳柳莺的巢和蛋

山楂花和蓝铃花

五月

一日 天气依旧寒冷，阵雨时晴。北上布里斯托尔。此时的田园风光比三周前经过时漂亮多了。河岸上的欧洲报春花依旧丰茂，树篱新翠欲滴，许多苹果园里花儿正在盛开；夏栎长出第一批金黄色、古铜色的叶子。黄花九轮草淹没了萨默塞特郡的草甸，而在德文郡却看不到这种花，除了郡境北界；当地农人会告诉你，这里的土壤对这种花来说"好过头了"。夜莺在德文郡也是稀客。探其缘由，有人告诉我是因为这一带没有夜莺赖以为生的昆虫。我看这个解释说得过去，要不然，英格兰这花繁土沃的一角本该是夜莺的天堂。[70]

二日 一路返回沃里克郡；天气稍微回暖，雨下个不停。

三日 和暖的西南风，携暴雨而至。收集了一把野梨花，还有今春采摘的第一束黄花九轮草；看见两只雌乌鸫正在各自抱窝，其中一座巢架在光秃秃的树杈上。这里的野苹果还只有花骨朵儿，蓝铃花亦然。

四日 听到布谷鸟叫。

五日 今天沿着威德尼道往下走时看到两只灰白喉林莺，显然是一对冤家，在灌木丛中互相追逐，一路高声尖叫。在布莱斯河附近，看到一对十分俊俏的苇鹀。溪流两侧的草甸上，驴蹄草和一片银白的草甸碎米荠争奇斗艳。我还在这里采集到田野毛茛和北方拉拉藤。[71]

七日 天气闷热。在埃尔姆登公园的沼地灌木丛里，发现了一座极为隐蔽的知更鸟巢。那时我正弯下腰去采黄花九轮草，不料一只知更鸟从身旁的榿木树根下方冲出来，越过我的手背逃走了。这是一株幼小的榿木，四条茁壮的根将它从地面悬空撑起，形成一个小拱门。知更鸟就在这棵树正下方的空洞里筑了巢，巢中藏着五枚蛋。野苹果和灌木丛如今看起来十分娇娆，满缀粉色花朵和绯色花蕾。

野苹果
（蔷薇科苹果属）

四月过去，五月接踵来到，
燕子都在衔泥，白喉鸟在筑巢！
罗伯特·布朗宁[72]

灰白喉林莺及其巢

五月

美妙的五月随后款款而至，
最妙是她正当时节的娇柔，
从裙兜里捧出花朵撒遍大地；
她坐在兄弟俩的肩上向前走，
那是勒达的双子随侍左右，
就像抬着至高无上的女王。
上天！当她经过，众生便笑了个够，
欢腾起舞，恍若迷狂！
丘比特一身绿意，游荡在她身旁。

斯宾塞[73]

温馨的五月，明丽的清晨，
大地已装扮一新，
四下里远远近近，
溪谷间，山坡下，
都有孩子们采集鲜花；
和煦的阳光照临下界，
母亲怀抱里婴儿跳跃……

唱吧，鸟儿们，唱一曲欢乐之歌！
让这些小小羊羔
应着鼓声而蹦跳！
我们也想与你们同乐，
会玩会唱的一群！
今天，你们从内心
尝到了五月的欢欣！

华兹华斯[74]

峨参
（伞形科峨参属）

蓝铃花
（天门冬科蓝铃花属）

红花剪秋罗
（石竹科剪秋罗属）

五月

九日　城市水杨梅、匍匐筋骨草和车前草正值花期；一些复株垂下了长长的穗状花序。
我今天看到一座黑水鸡的巢，就在池畔一棵老桤木的树桩上，堪堪突出岸边。这巢
用小木枝和干芦苇筑成，里面装着一枚蛋。我带回了一大束蓝铃花、红花蓒秋罗和
峨参；每一处树篱上都有峨参的白色伞状花序摇曳生姿。

十一日　撞见一只死刺猬，蜷着身子躺在路边。

十二日　到埃文河畔斯特拉特福，穿过草甸徒步去肖特里。途中在树篱上摘了一些山楂花，
如今田野上金灿灿一片毛茛花，堤岸上则遍生蓝花婆婆纳。铁轨沿线望去尽是蒲公英，
着实赏心悦目。[75]

十四日　傍晚探访堇菜林；如今那里一片蓊郁苍翠，多是欧洲赤松和欧亚槭，后者尤为枝繁
叶茂。林地里随处可见斑叶疆南星正在盛开，那淡绿色的佛焰苞衬着兔子做窝的赭
色土堤，润泽夺目。其中一些叶鞘带着斑点，我还发现有一片是泛红的深紫色。早
春时节阔大俊俏的绿叶曾经美好，如今开始凋萎了，花儿却正当时。
欧洲山毛榉也悄悄开花了，只是那早花与嫩叶轻绿一片，殊难辨识。复株满缀栎果，
累累可人。

十六日　一周以来天儿暖，万物生，于是花叶频发，莫不美妙；可惜好景不长，寒冷的北风
与冰雹又卷土重来。今晨虽然吹着寒冷的东北风，仍是雷雨交加。下午出门，为我
的绘画课收集一些斑叶疆南星。穿过林子时，在树底草地上捡到一枚欧歌鸫蛋。几
株欧马栗树上白花怒放，好似雪堆云屯。

真正活着的人，也将真正去爱。
我便学会了爱英格兰。多少回，
　在白昼诞生之前，又或许
　经由午后神秘蜿蜒的道路，
　我甩开猎人，就此纵入
　林山深处，被逐的雄鹿
将要饮水，浑身战栗，带着惊怖
和追赶的激情。终究逃过一劫，
　　翠峦层层远隔
　我和身后敌人的屋子，
　我才敢休息，又或漫游憩想，
　踏着青草就更为惬意，
　远眺这大地最温柔的逶迤
（仿佛上帝的指头没有用力，只是一触，
　便创造了英格兰）这般上下起伏
　青翠一片，却不是大起大伏，
　土地的波痕，小巧的山丘，那穹苍
温柔地俯身低就，麦田攀援而上；
兰花遍布河谷两岸那些隐秘角落，
　看不见的溪流在喋喋不休；
　还有开阔的牧场，敌人猜不透
　是白雏菊，还是白露；时不时有
　神秘的夏栎和榆树引人注目，
　在壮观的树荫里泰然自若——
　我想着这片祖祖辈辈的乡土，
　不枉我的莎士比亚在此生活。

　　　伊·巴·布朗宁《奥萝拉·利》76

噢毛茸茸的蜜蜂，灰扑扑的小玩意，
　　用金子粉饰你的后肢！
噢美好的驴蹄草花蕾，黄得如此艳丽，
　　请给我一捧你的金币！

噢耧斗花，打开你那紧紧闭合的包叶，
　　那里住着一对双生斑鸠！
噢斑叶疆南星，为我敲响紫色的铃舌
　　就悬在你那清脆碧绿的铃铛下头！

让·英奇洛[77]

北方葱
（石蒜科葱属）

斑叶疆南星
（天南星科疆南星属）

五月

十九日（续） 上午从诺尔回来，途经威德尼时稍作逗留。于布莱斯河一带再次看到苇鹀，我想肯定有一群在附近筑了巢。自从我两周前来过之后，河边沼地的花丛里又有许多新成员加入。当时好一片金灿灿的毛茛花绵延不绝，如今则为苦碎米荠美丽的花儿染作白色。

我还采集了黄花小野芝麻、羽衣草、田间勿忘草和北方葱，后者刚从绿色叶鞘里挣脱出来。雏鸟绕着树篱上下扑腾，多半是乌鸫和欧歌鸫。一只早熟的小知更鸟企图啄食一条近乎自身三倍长的虫子。这周看到两只黄蜂蜂王。

廿二日 枸骨叶冬青、篱笆槭和欧洲花楸树正当花期。

廿六日 今天在野外溜达的时候，采集了一些小巧可爱的黄花三色堇；这个品种长在杂草和车轴草丛中，远不及欧洲黄堇菜漂亮。在英国山地牧场和山坡上，随处可见黄堇菜的倩影，花瓣多是饱满鲜亮的紫色和黄色。我还采了一些盛开的野茜草和粉车轴草。

廿九日 铁轨路基上有好多滨菊开花了。姐姐带回一束美丽的串花虎耳草，是在哈顿附近田野中摘得。[78]

落花生、药用烟堇和天蓝苜蓿正值花期。

五月份一直阴冷多雨。

篱笆槭（槭树科槭属）的花

枸骨叶冬青（冬青科冬青属）的花

欧洲山毛榉（壳斗科山毛榉属）的花

夏栎（壳斗科栎属）的花与栎瘿

欧亚槭（槭树科槭属）的花

更悦我心的金雀花在远方，
考登瑙斯山坡上艳色无双，
无比的娇柔，无比的芬芳，
这等风姿永不会生在异乡。

　　　　苏格兰民歌[79]

每一座陡坡上都开满了鲜花，
一条条金色血管淌过杂树林。

　　　　华兹华斯[80]

茎条布列在金光里
枝头也是寒冬一景
艳色照人，绿叶繁密，
仿佛夏日在此间上映。
　　　＊　＊　＊
一位天使在五月林间
用艳丽光芒将它来描——
那薄纱用了黄金装点——
是上帝的火焰——光明的珠宝。

　　威尔士诗人戴维兹·阿普·格威利姆[81]

威尔士人有时将这种植物称为"染料木"(Melynog-y-waun)
或"草甸金翅雀"。正式叫法是"苏格兰金雀花"，这种花
曾是金雀花王朝历代帝王的徽章。

金雀花
（豆科金雀儿属）

苦碎米荞
（十字花科碎米荞属）

欧毛茛
（毛茛科毛茛属）

黄花三色堇
（堇菜科堇菜属）

黄花小野芝麻
（唇形科小野芝麻属）

匍匐筋骨草
（唇形科筋骨草属）

69

尖刺头山楂
（蔷薇科山楂属）

众多宣告五月来临的花蕾
排着节日队列将田野点缀，
比一比谁的勇气最为超绝；
而山楂树之花如此耀洁
将白色的长袍穿戴妥帖，
连恶意之眸也难掩欢悦。

乔叟[82]

树篱生机焕发，
上有虫鸟和大白蝶
仿佛获得生命的山楂花
迎着风扑扇向前。

伊·巴·布朗宁[83]

欧洲粉蝶
（粉蝶科粉蝶属）

串花虎耳草
（虎耳草科虎耳草属）

红花老鹳草
（牻牛儿苗科老鹳草属）

野茜
（茜草科野茜属）

June

欧柳莺喂食雏鸟

六月

在拉丁旧历中，六月曾经是一年中的第四个月份。奥维德声称是因天后朱诺而得名，其他作家则将其联系到古罗马执政官布鲁图。尽管如此，六月之得名很可能是以农业活动为参照，最初意味着作物成熟的时节。盎格鲁-撒克逊人称之为"旱月"或"仲夏月"，为了与七月相区分又称"小夏月"。夏至日出现在六月。

《不列颠百科全书》[84]

六月十一日 圣巴拿巴节 [85]
六月廿四日 仲夏日（施洗约翰诞辰）
六月廿九日 圣彼得节

谚语   五月大雾，六月大暑，
天地调和，乃有万物。

六月多雨露，宜将万物护。

六月潮又暖，农夫万事足。

巴拿巴节万里晴，永昼无夜大光明。

巴拿巴节，干草始刈。

六月

一日　西北风。午前午后都是雷雨天气。

二日　今天在戚德尼的沼地看到两栖豆瓣菜花已开了。毛茛如洒金般遍布草甸，其间又有几抹朱砂红，那是含苞待放的酢浆草。

三日　晴光如洗，迎来头一个像样的夏日。

四日　降灵星期一。又一个夏日。采集白屈菜；有柄水苦荬和小黄鼻花正值花期。[86]

五日　阳光灿烂的一天，碧空无云，日照明媚，整整一天如是。

六日　又是阳光灿烂的六月天。和一大群人驾车到亚守盖尔公地，途经诺尔、巴德斯利·克林顿庄园、罗克索尔村和什罗利。公地一带，极目所见皆是蒙茸寸草和荆豆丛，空气中弥漫着百里香的芬芳，尽管开的花还不多。草地上小野花俯拾皆是：紫色和红色的远志、药用委陵菜、林生马先蒿、岩生拉拉藤以及两种野豌豆和两种婆婆纳。鸟儿也多得令人目不暇接，最多的要数赤胸朱顶雀和鸢鸟，轻快地穿梭在荆豆丛中。我还观察到一对草原石鵖和一些草地鹨。我们在荆豆丛和悬钩子丛中发现八座鸟巢——黄鹀一座，赤胸朱顶雀两座，灰白喉林莺一座，欧柳莺一座，欧金翅雀一座，还有欧歌鸫两座。这些鸟巢里大多都有幼鸟，只有黄鹀的巢里装着四枚蛋。公地附近随处可见潘非珍眼蝶的倩影，荨眼蝶和粉蝶亦频繁出没。除此之外，唯一可见的便只有红襟粉蝶了。[87]

八日　骑车穿过戚德尼，在沼地里采集了一把小焰毛茛和知更草。所有的毛茛都开花了，有欧毛茛、球茎毛茛和匍枝毛茛等变种。今年的夏栎上栎瘿累累垂坠，我还是头一次看到这么多；好些夏栎的叶片上密布着绿色的小毛毛虫。栎瘿由一种小昆虫瘿蜂造成，为其幼虫提供庇护和养分。幼虫在瘿瘤内部完成变态过程后，成虫就会挖个小隧道逃出来。瘿瘤的形成有赖于雌虫分泌的一种刺激性液体或病毒；先在夏栎树枝上戳破一个小孔，并将这种液体连同它的卵注入其中。晚上看到一只猫头鹰从圣伯纳德路后方花园上飞过。这是我头回在奥尔顿目击此物。

岩生拉拉藤
（茜草科拉拉藤属）

荨眼蝶
（蛱蝶科荨眼蝶属）

潘非珍眼蝶
（蛱蝶科珍眼蝶属）

药用委陵菜
（蔷薇科委陵菜属）

普通远志
（远志科远志属）

六月

五月之后来了快活的六月，为万物
披上绿叶的盛装，他正是一名演员；
在他的时光里，工作扮演两不误，
那把铁犁掀起的尘埃之间：
分明是他，骑着巨蟹出现，
迈着歪歪扭扭的步子前后逗弄，
还倒着走，正如船工习惯
朝相反的方向用力划动。

斯宾塞[88]

天上无云，地上石南，
毛地黄花儿紫，金雀儿黄；
我俩同行，跋涉其间，
抖落蜂蜜，步步生香。
蜜蜂围着车轴草团团绕，
蚱蜢在我们足下蹦蹦跳，
满天云雀把晨歌齐声唱，
为这甜蜜生活感谢上苍。

让·英奇洛[89]

为何你的心总是向往
希腊阳光下的草地？
我们的鸣鸟之歌也会汩汩流淌，
我们的绵羊同样有漂亮的毛皮；
我们的群山里有蜜蜂，
也在旁逸的梨树当中——
我要告诉你世外桃源不难寻
就在那枝繁叶茂的沃里克郡。

诺曼·盖尔[90]

滨菊
（菊科滨菊属）

红襟粉蝶
（粉蝶科襟粉蝶属）

大看麦娘
（禾本科看麦娘属）

白车轴草
（豆科车轴草属）

红车轴草
（豆科车轴草属）

六月

九日　G君今日捎来一束褐花老鹳草，是她从谢尔登附近小径一侧边坡上摘得。这种植物在野生状态下十分罕见，十有八九是从哪座花园流出的种子。[91]

十二日　藤麻、欧洲变豆菜、毛狮齿草、小花柳叶菜和聚合草都开花了。野花楸树最近几周一直处于花期。今天是入夏以来第十一个无雨的大晴天。

十三日　今天下午在埃尔姆登公园的一条小水渠里采集结节玄参和石龙芮，还看到开花的欧白英、黑泻根和匍匐委陵菜。整个早晨天色一直十分阴郁，还没到家便逢滂沱大雨；久旱降甘霖，亦弥足珍贵。

十四日　欧洲荚蒾、西洋接骨木和野当归进入花期。

欧洲荚蒾
（忍冬科荚蒾属）

褐花老鹳草
（牻牛儿苗科老鹳草属）

结节玄参
（玄参科玄参属）

有柄水苦荬
（玄参科婆婆纳属）

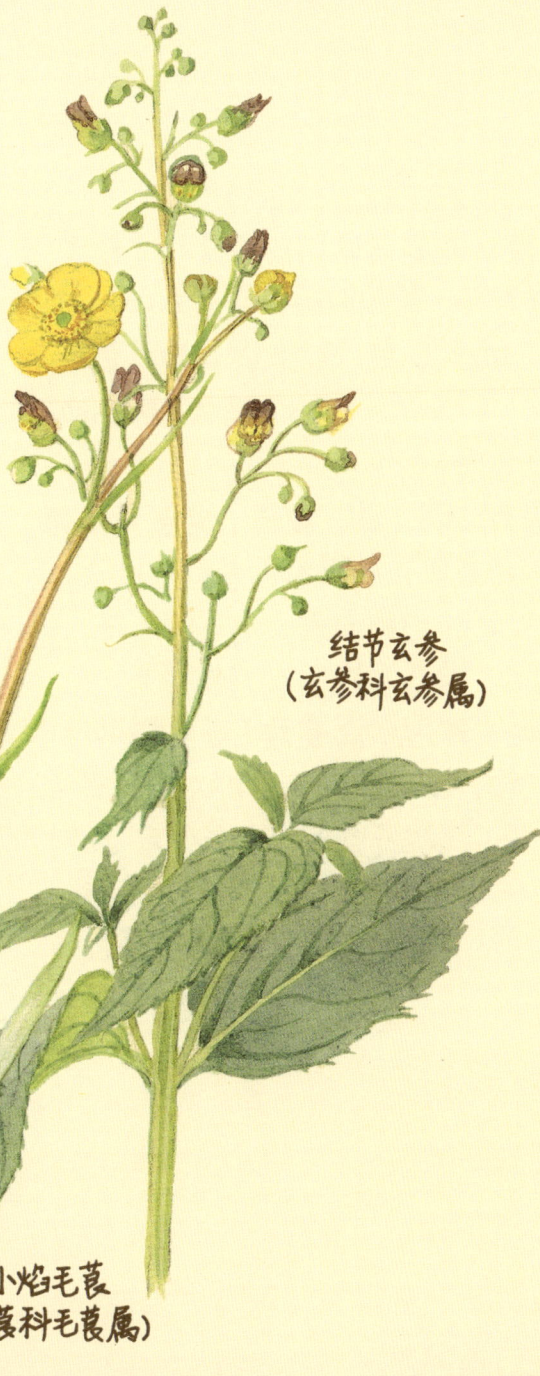

小焰毛茛
（毛茛科毛茛属）

金银花藤密密地纠绕着的凉亭里；
　在那儿，繁茂的藤萝受着太阳的煦养，
　成长以后，却不许日光进来。

　　　　　莎士比亚《无事生非》[92]

因为玫瑰，嗨，玫瑰！是繁花之眼，
　是草甸自知貌好而羞红的面庞，
　穿过门廊而来，是美的闪电，
　将苍白的恋人偷偷照亮。
嗨，玫瑰吐露爱情！在爱神的唇畔
嗨，玫瑰举杯，为那人儿祈愿！
嗨！玫瑰可爱的叶子完全卷了边，
　仍旧乐在其中，花瓣颜色不减，
　西风呼啸将至，她们露出笑脸！

　　　　　伊·巴·布朗宁译萨福[93]

蔓生红花忍冬
（忍冬科忍冬属）

万物闪着露珠的光辉，
野蔷薇落入满地青翠。

司各特[94]

犬蔷薇
（蔷薇科蔷薇属）

六月

夜幕降临，旷野安详
干渴的小河叮咚歌唱
日间不曾听闻，此刻又复回荡；
割了一半的原野弃在一旁，
行行青草无言！运货马车铃儿响；
割草机闹哄哄，狗群叫汪汪，
都在这沉睡的农场！
一整天的农活儿已收场，
最后一波晾草人已退场。
从那高处的百里香，

接骨木花儿白晃晃，
浅淡的犬蔷薇缀在树篱上，
莎草中有薄荷生长，
夜风吹来香脂的芬芳
这一切曾为白昼遗忘。
如今，在远方澄澈的地平线上，
看啊，一颗初生的星辰在摇晃，
天净如水，高山之上！
夜幕降临，旷野安详。

马修·阿诺德[95]

闹匐委陵菜
（蔷薇科委陵菜属）

黑泻根
（薯蓣科浆果薯蓣属）

野花楸树
（蔷薇科花楸属）

84

华丽色蟌
（色蟌科色蟌属）
雌体

黄菖蒲
（鸢尾科鸢尾属）

六 月

十五日　一朝一暮仍有鸟儿啁啾成调，但这支合唱队的音色已没有一个月前那么丰富了。为了呵护养育一大家子嗷嗷待哺的幼鸟，忧心忡忡的家长们耗费了大量时间和精力。看到一些毛腿燕伫立路边，口衔泥巴正待筑巢，那模样很是喜人。他们的短毛腿儿看上去像是穿着白色的小绒袜。

迎头撞见一大丛毛地黄，绝艳照人，淋漓尽致，令人格外惊喜。这是我所见第一波开花的毛地黄。

十六日　看到第一朵绽放的多刺蔷薇——娇艳的粉色，立在高高的树篱顶上；还看到黑莓开了花。蔷薇和蔓生红花忍冬满树都是花骨朵儿，只可惜今年天气太冷，花期也相应推迟了。

廿日　看到第一片收割过的青草地，割草机正在好几块车轴草地上工作。原独活草和百脉根也开花了。

廿三日　骑车穿过威德尼：湿地里的黄菖蒲早已绽放；在小溪边上发现一大片真勿忘我。正当我弯腰摘花之际，一只漂亮的华丽色螅轻轻掠过水面，萤火般闪烁在灯芯草丛里，转瞬即逝。草甸上开了不少花儿，大多是今年以来头一回打照面：广布野豌豆、黄色香豌豆、豆瓣菜、四籽野豌豆、飞廉、林地水苏和柔毛老鹳草。

华丽色螅雄体

真勿忘我
（紫草科勿忘草属）

毛地黄
（玄参科毛地黄属）

田野蔷薇
（蔷薇科蔷薇属）

六月

廿四日　仲夏日。
布谷鸟开始更新曲目，不久之后他就不再唱"布谷"，而改唱"布——布谷"了。在英格兰南部，有一个关于布谷鸟叫声的迷信传说：听见叫声时得拔腿就跑，而且要边跑边数，一直数到听不见为止；数到几声，就能增寿几年——反正德文郡的老太太是这么告诉我的。关于杜鹃曾有不少歌韵流传：

四月子规啼，　　　子规良鸟，
五月歌愈齐，　　　于飞于啼，
六月声渐稀，　　　尔歌尔调，
七月话别离，　　　苍天为碧。
八月无处觅。

廿五日　今天遛了个大弯儿，沿途经过凯瑟琳德巴恩斯、阿登地区汉普顿、比肯希尔和埃尔姆登公园。每一条小径都弥漫着多刺蔷薇和蔓生红花忍冬花的芬芳；薰风习习，带着车轴草地和草甸的清香，扑面吹来。路多野草，种种可爱。草甸上多处可见盛开的绣线菊，我在芳草中采了一些夏枯草和地榆，又在树篱上摘了欧洲红瑞木的花儿和苍白柔弱的田野蔷薇。我们在树篱下野餐，车轴草的花儿粉的粉白的白，青草也高过人头，围绕我们——颔首；当此之际，一对兴奋的知更鸟在我们身边的灌木丛里振翼啁啾，显然很好奇我们这会儿躲在他们领地的角落里做些什么。在路旁池塘边上邂逅了一群美丽的小蜻蜓——淡蓝色带黑斑。埃尔姆登公园池塘里，萍蓬草也已盛开！[96]

廿八日　连下了两天雨；今晨报纸报道了昨天的地震，发生在英格兰西南诸郡和南威尔士地区，从布里斯托尔延伸到曼布尔斯。[97]

卅日　虞美人、沼生苦苣菜、野生藏掖花和木犀草正值花期。
整个六月份天气炎热，日照充足，雷雨频频。

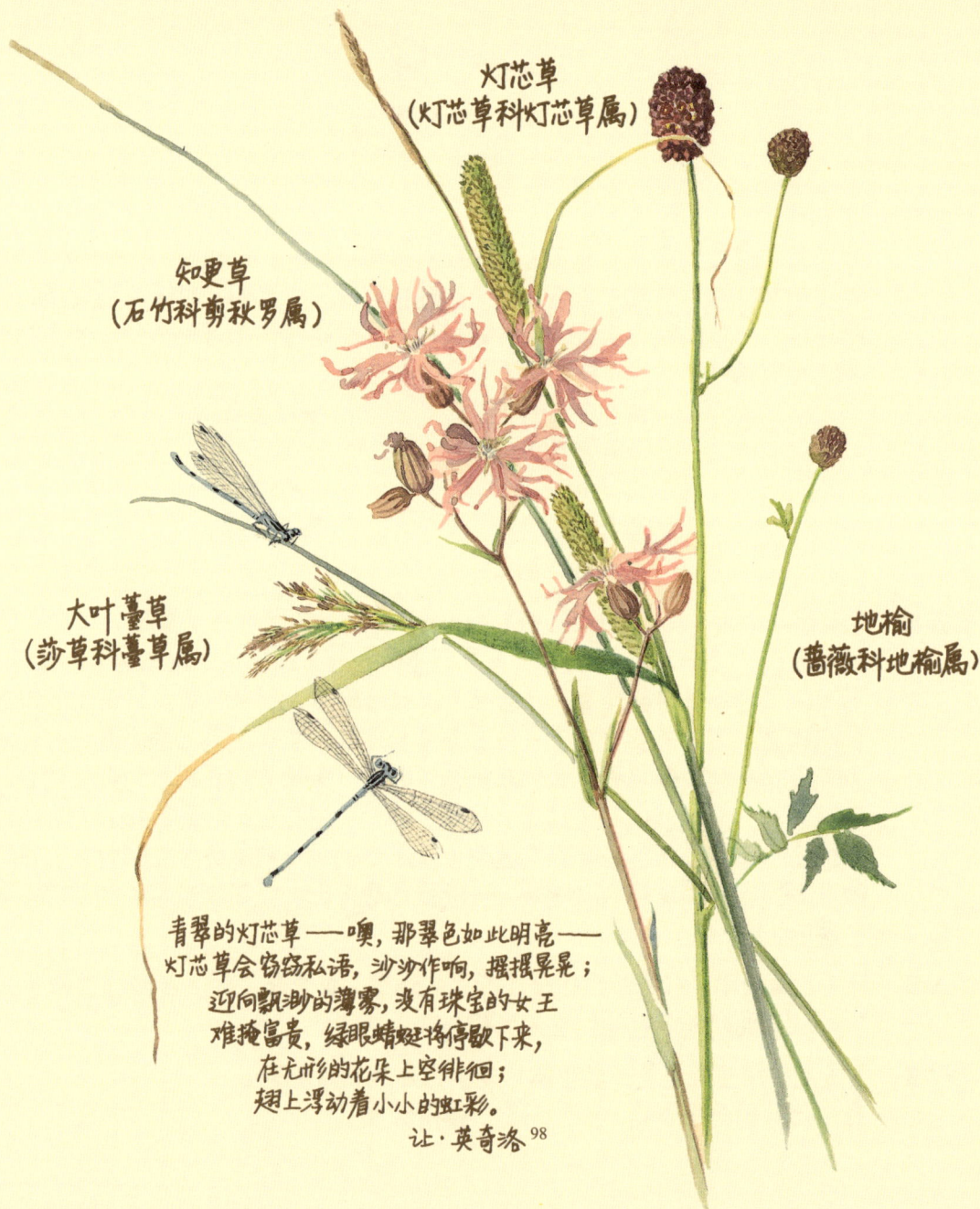

灯芯草
（灯芯草科灯芯草属）

知更草
（石竹科剪秋罗属）

大叶薹草
（莎草科薹草属）

地榆
（蔷薇科地榆属）

青翠的灯芯草——噢，那翠色如此明亮——
灯芯草会窃窃私语，沙沙作响，摇摇晃晃；
迎向飘渺的薄雾，没有珠宝的女王
难掩富贵，绿眼蜻蜓将停歇下来，
在尤形的花朵上空徘徊；
翅上浮动着小小的虹彩。
让·英奇洛 98

七月

　　我们现在的七月原本是一年里的第五个月份，罗马人称为第五月。之后为了纪念生于此月的尤利乌斯·恺撒，才命名为"尤利乌斯"。盎格鲁-撒克逊人称之为"草月"，因为七月的草甸花繁似锦，或为区别于六月而称七月为"大夏月"。[99]

　　　七月三日 进入三伏天
　　　七月十五日 圣斯威森节
　　　七月廿五日 圣雅各节

谚语

斯威森节雨如注，
四十天内打不住。
斯威森节万里晴，
四十天内得安宁。

五月蜂群值堆草；
六月蜂群胜银勺；
七月蜂群如蝇曹。[100]

七月里来割黑麦。

七月

炙热的七月驾到，沸腾如火，
他甩掉一整身衣袍沉沉：
胯下一头狮子满腔怒火，
他悍然驱狮，令其俯首称臣；
背后挂把长柄大镰刀
腰带一侧别着小镰刀。

斯宾塞[101]

斑鸠呼唤我；
随风摇摆的麦浪笑得烂漫，
远处的田园山丘缓缓铺展；
莎草丛生的溪边红牛相会，
一同涉水狂饮，将自己灌醉。

让·英奇洛[102]

乌距草黄遍林中草地；
黄了委陵菜，叶片盛满露珠；
黄了景天；黄了薛堤；
青颈麦穗摇摇，变作金黄的一束。
黄绿色，来自矮林里啄木鸟的笑声；
光与影的边界如镰刀般锋利。
大地在心中发笑，仰望天空，
思量着收获，我也念起自己的劳绩。

乔·梅雷迪思《河谷之恋》[103]

July

猛叶春蜓
(蜻蜓科叶春蜓属) [104]

白睡莲
(睡莲科睡莲属)

七月

一日 天气不错，只是有点儿阴沉，西北方吹来微风。

六日 第三个阳光明媚的日子，也是第五个无雨的日子。下午F小姐捎来一束蜂兰，是在伯克郡野外摘得。[105]

七日 骑车经由威德尼到诺尔。如今树篱上野花正团团缭绕。各种野蔷薇开得正好，花期早一些的犬蔷薇和晚一些的白花田野蔷薇都在盛放。好些地方的树篱如张灯结彩般挂着黑泻根和蔓生红花忍冬的花环。浅桃红色的黑莓花和大丛白色的西洋接骨木花处处撩人眼目。树篱下是高高的紫色毛地黄；还有摇头晃脑的野草，兜着沉甸甸的花粉，浑身缠绕着紫的黄的野豌豆花和车轴草花，都一路沿着堤岸往上攀援，迎向树篱。威德尼的沼地里蓝盈盈一片大花真勿忘我，奶油色的绣线菊沿着沟渠排成一线。我看到一群小绿蛾子绕着夏栎振翼，那棵树春天里就被它们的幼虫糟蹋得不成样子了；此外，还看到许多荨麻蛱蝶和莽眼蝶。在一块种麦的庄稼地里偶遇一大片罂粟，那硕大的花朵在绿色叶片间红红紫紫有如泼墨色块。收到一朵姣好的白睡莲，来自帕克伍德庄园的池塘。[106]

蜂兰
（兰科蜂兰属）

十一日 坐火车到诺尔，穿过田野步行至帕克伍德。田野上到处都在晾晒干草，教堂的草坪却仍无人修剪；因是低洼沼地，草丛里开了不少花儿——地榆绯色的花头、滨菊、夏枯草、小黄鼻花、黑矢车菊、紫斑红门兰以及紫色和黄色的野豌豆。摘了一大束麦风草，我们又在溪桥上逗留了一会儿，采集了一把直立黑三棱。经过庄稼地的时候，我才注意到几乎每一支麦秆上都缠绕着小田旋花；这儿还有不少带着古怪多刺果皮的田野毛茛。我还在路边采到了洋苏草、宝盖草——所有红荨麻里最亮丽的一种——还有车叶草、美丽金丝桃、贯叶连翘、白色和粉色的锦葵、柳兰、黄色香豌豆、长梗百脉根、小蓝盆花以及今年头回所见的圆叶风铃草。欧洲女贞树正在盛放；之前欧洲椴树小绿花蕾紧紧合抱，团团可爱，招摇了好几周，这会儿又爆出满树的花来。

绣线菊
（蔷薇科绣线菊属）

荨麻蛱蝶
（蛱蝶科麻蛱蝶属）

异株荨麻
（荨麻科荨麻属）

美丽金丝桃
（金丝桃科金丝桃属）

七月

十四日　昨日下了一整天大雨，今日终于迎来阳光灿烂。我每周都会照例骑车到诺尔，今天路上发现这周以来新冒出许多种花儿：田野裸盆花、小蓝盆花、欧洲稻槎菜、水芹、野生苦苣菜、野生藏掖花和墙生莴苣；还有好几种山柳菊。
　　　　今年那些惨遭毛毛虫摧残的夏栎，这会儿竟有不少又长出好些新叶。

十八日　今天看到一只乌鸦安坐巢中，就在那高高的山楂树篱上。
　　　　长期以来蹂躏着夏栎的毛毛虫，原来是一种小栎绿卷叶蛾。

廿一日　骑车到巴德斯利，又从那儿步行到巴尔索尔圣殿。据我所知，野生风铃草多年以前曾在这一带的溪流边出没，这次我也一心觅其芳踪，果然如愿以偿。紫风铃草那高高的花穗异常夺目，就生在沟渠深处，绣线菊和荨麻丛的中央，我奋不顾身闯了进去，不过荨麻就在我头顶上交首寒暄，实在很难忽视其存在。穿过草甸来到小河岸边，千屈菜芳姿初现。还发现了一种草地老鹳草。沿流两岸都是大片的湿地玄参，小巧娇俏的小黑三棱上面缀着淡金色头状花序。大花勿忘我四处蔓延，河床上某处浮着一大片莘蓬草。我俘获了长在岸边的两朵莘蓬草和一片平阔闪亮的叶子。[107]

花蔺
（蔺科花蔺属）

直立黑三棱
（黑三棱科黑三棱属）

紫斑红门兰
（兰科红门兰属）

柳兰
（柳叶菜科柳叶菜属）

广布野豌豆
（豆科野豌豆属）

红尾熊蜂
（蜜蜂科熊蜂属）

牧地香豌豆
（豆科香豌豆属）

优红蛱蝶
（蛱蝶科红蛱蝶属）

长梗百脉根
（豆科百脉根属）

百脉根
（豆科百脉根属）

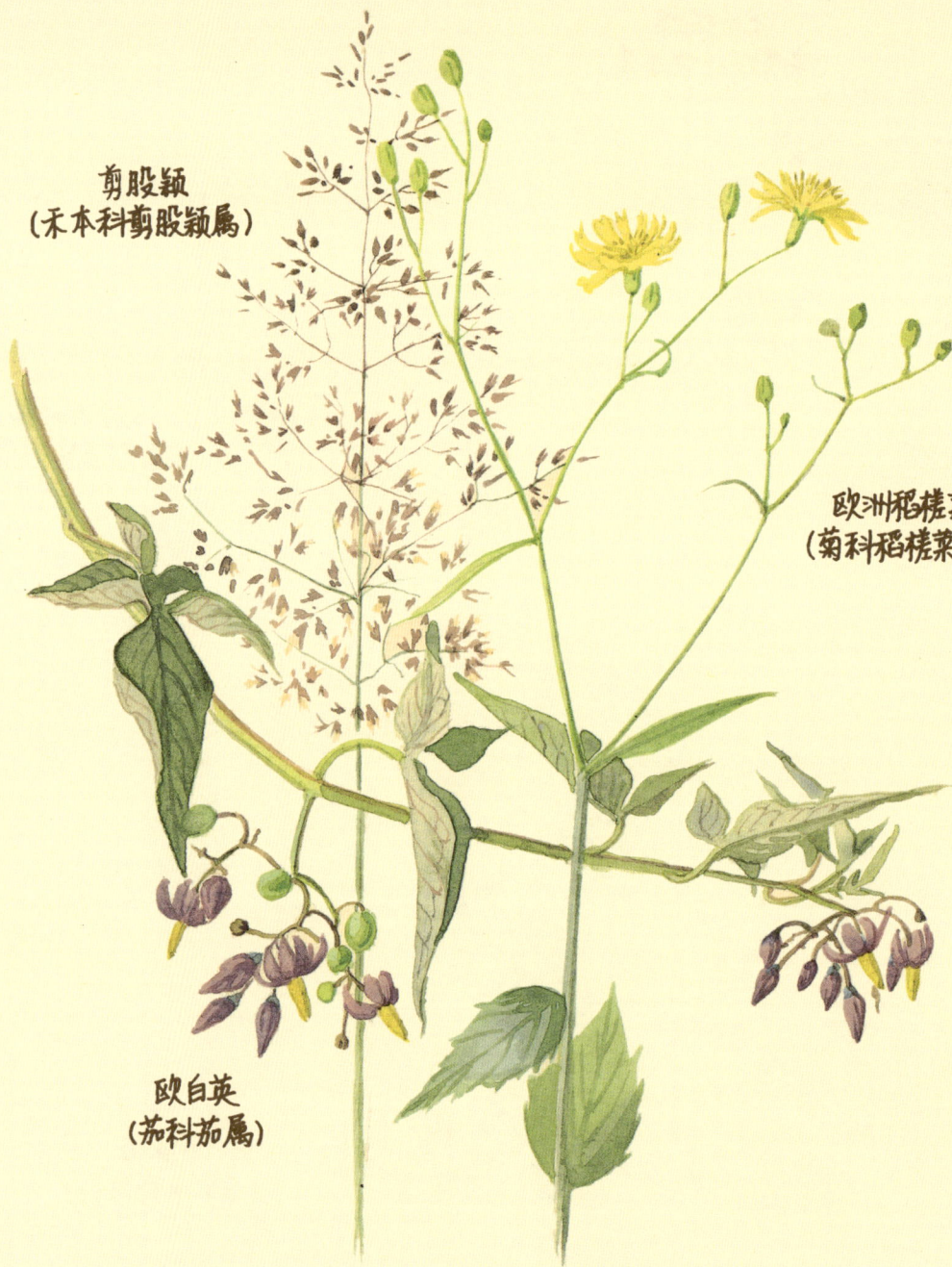

剪股颖
（禾本科剪股颖属）

欧洲稻槎菜
（菊科稻槎菜属）

欧白英
（茄科茄属）

欧洲椴树
（椴树科椴树属）

欧洲蜜蜂
（蜜蜂科蜜蜂属）

欧洲熊蜂
（蜜蜂科熊蜂属）

欧洲女贞
（木犀科女贞属）

茅草

凌风草

阿披拉草

田旋花
(旋花科旋花属)

雀麦草

桃叶风铃草
（桔梗科风铃草属）

欧洲龙牙草
（蔷薇科龙牙草属）

七月

廿一日
（续）　一只俊俏的翠鸟掠过水面。那里有几畦灯芯草丛，将近六英尺高，蓝绿色的茎秆，棕色的花朵虬结成簇，我猜一定是拟蕉草的一种。这便是乡村的美好之处了——莎草密布的小溪从低洼草甸中蜿蜒而出，两岸水生野花和灯芯草丛沿河成线。我跑到离主路有一英里远的地方，又拐入一条狭窄小径，只为寻找多枝风铃草。多年前它们曾在那里生长，如今却了无踪迹。就在巴尔索尔上游不远处一条小径上，邂逅了一大群蓉眼蝶；之前在路上也见过不少，这一次却是遮天蔽日，无所不在。小径一侧是开阔的草甸和陡峭的堤岸，密密生着宝盖草和黑矢车菊，草丛上方女贞树篱正在盛开。大概就是女贞的强烈香气将蝶群引到此处。在一片干燥的高地上，我采集到大麻叶泽兰；角落处有一个干涸的泥灰坑，于其底部探得大毛蕊花淡黄色的花穗和海绿色的叶子。

廿三日　柳穿鱼、豚草和菊蒿正值花期。

卅一日　闷热的一天。这个月的温度飙升到入夏以来的最高峰。

普通翠鸟
（翠鸟科翠鸟属）

欧亚萍蓬草
（睡莲科萍蓬草属）

柳叶菜
（柳叶菜科柳叶菜属）

千屈菜
（千屈菜科千屈菜属）

草地老鹳草
（牻牛儿苗科老鹳草属）

柳穿鱼
（玄参科柳穿鱼属）

醋栗尺蛾
（尺蠖蛾科金星尺蛾属）

常见千里光
（菊科千里光属）

106

飞廉
（菊科飞廉属）

大翅蓟
（菊科大翅蓟属）

野生藏掖花
（菊科藏掖花属）

八月

　　此月之名乃是拜奥古斯都大帝所赐，八月并非其诞辰月，却见证了他的命中大幸。七月有三十一天，而八月原本只有三十天；为了不使奥古斯都大帝在任何一方面逊色于尤利乌斯·恺撒大帝，人们认为有必要给八月也添上一天。

《不列颠百科全书》[108]

八月廿四日 圣巴多罗买节

谚语　　　　　斯威森节天垂泪，圣巴多节一扫没。[109]

巴多罗买节，寒露从此降。

八月廿四苟得晴，便知秋来好年景。

八月

最好的季节！成熟的夏日女王
一年中最鼎盛的时光
身着长袍，日照流金，
甜美的八月确已来临。

米勒[110]

在盛开的石南中
雄红松鸡鼓翼跳动，
来吧，让我们随心所至
领略自然的妙处，
窸窸窣窣的玉米；果实累累的荆棘
和所有幸福的造物。

彭斯[111]

蕨原没有一丝微风，
湖面不起一点波纹，
白尾海雕在巢里打盹，
鹿已觅得凤尾蕨；
小鸟不肯再高歌
活跃的鳟鱼懒息动弹。
远处雷云暗涌，就如
一条紫色的裹尸布
缠绕本莱迪的远山。

司各特[112]

August

八月

一日　温暖晴朗的一天，西南风吹得轻柔。

二日　采集了开花的泽泻。

四日　到庄稼地里采集一些罂粟花，不想今日早前一场暴雨将花瓣打得七零八落。在庄稼丛中发现了三种不同的春蓼，回家时经过的田堤上长着许多圆叶风铃草。收割季开始了。

九日　北上卡莱尔，赶了八英里路穿越坎伯兰道，沿途两畔尽是圆叶风铃草、柳穿鱼和山柳菊，蔓生红花忍冬和散发着甜香的拉拉藤如长带般编织着低矮树篱，为地表加冕。田野多处为豚草染作一片金黄。[113]

十一日　继续北上，到珀斯郡的卡伦德。[114]

十四日　搭乘西高地火车，去了奥本又回来。沿线望去尽是野花——田堤上是一枝黄花、蓝铃花和石南，泥塘和沼地里是绣线菊、柳兰、车轴草、黑矢车菊以及小蓝盆花。捕虫堇花已谢，沼生纳菖蒲也开败了。[115]

十七日　骑车沿着门蒂斯湖到阿伯福伊尔，又绕着阿克雷湖、卡特琳湖和韦纳哈湖骑回来。天清水净，远景如画。在阿伯福伊尔和特罗萨克斯隘道之间的山脊高处，我发现了长在石南丛里的艳红熊果；还看到圆叶茅膏菜正在开花。韦纳哈湖畔找到一些龙胆草。[116]

廿三日　在堆石山上写生，画高地牛群。短短的草皮上长了许多小巧可爱的紫花黄堇菜；迎面看见一个大泥塘里长满了梅花草，四周环绕着石南和刺柏丛。杜松子还很青涩。[117]

廿四日　在山坡上看到好几只黑琴鸡。

泽泻
（泽泻科泽泻属）

金钱草
（报春花科珍珠菜属）

圆叶风铃草
（桔梗科风铃草属）

无臭母菊
（菊科母菊属）

虞美人
（罌粟科罌粟屬）

喷嚏草
（菊科蓍属）

拟蓝盆花
（川断续科拟蓝盆花属）

药用小米草
（玄参科小米草属）

帚石南
（杜鹃花科帚石南属）

十字叶欧石南
（杜鹃花科欧石南属）

灰色欧石南
（杜鹃花科欧石南属）

一枝黄花
（菊科一枝黄花属）

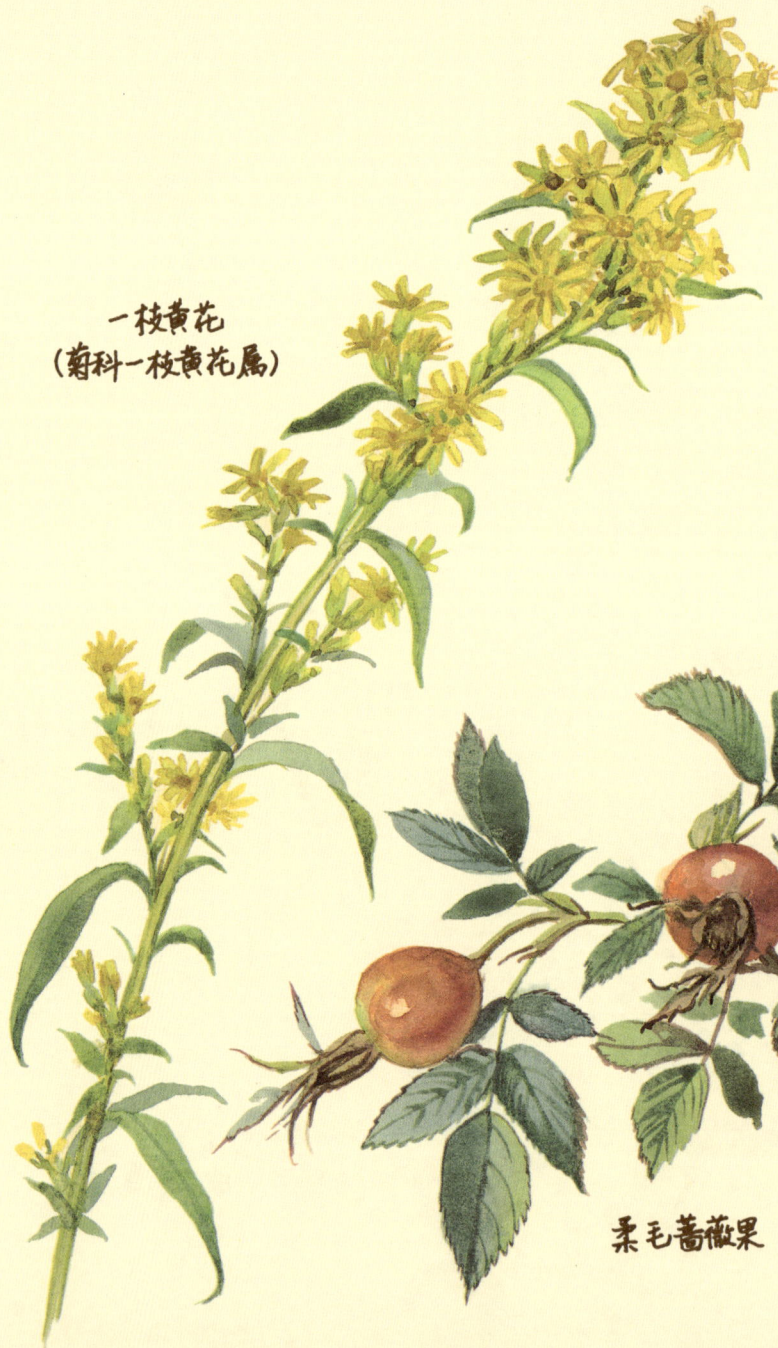

柔毛蔷薇果

八月

廿五日　骑车穿过斯特拉西尔和洛亨黑德村，到厄恩湖角上的圣菲伦斯村。连日来的雨水淹没了河谷大片地区，如今人们都在忙着晾晒干草。树木树篱上的浆果开始变得鲜艳夺目，尤其是欧洲花楸果、覆盆子（高地十分常见）和某种多刺蔷薇绯色的大果。在圣菲伦斯村采集了第一批黑莓。紧依厄恩湖北岸的道路十分迷人，绕湖六英尺之长，湖水在道路一侧轻拍呢喃，另一侧陡峭的林木沿着山坡向上延伸。路边种了许多漂亮的树。我于此邂逅了平生所见最美的欧洲落叶松。[118]

廿八日　正当我穿过原野去寻找牛群时，一只杓鹬落在地上，紧跟着一只沙锥鸟忽地从我脚边草丛里窜起。大群紫翅椋鸟围着吃草的牛儿团团转，跟在牛群屁股后面满地走，看起来是趁着那些大家伙进食之机啄拣翻搅出来的小昆虫。

这个月的苏格兰阴雨连绵，而在英格兰，却是有史以来最晴朗的月份之一。

118

熊果
(杜鵑花科熊果属)

甜香楊梅
(楊梅科楊梅属)

梅花草
（虎耳草科梅花草属）

紫花黄堇菜
（堇菜科堇菜属）

欧歌鸫在欧洲花楸树上享用浆果

八月

她住在群山奔向大海处，
　河流与潮水交汇之地，
梅纳罗湾的金色花楸树，
正是人们给她取的名字。

　她的灵魂不为任何境遇
　　所扼制，或迫促；
梅纳罗湾的金色花楸树
连时间都为你停伫！

　她的玩伴为爱人而生，
唯独那羞涩的漫游者，
梅纳罗湾的金色花楸树
知晓爱情并非为她所设。

　她所爱的是一切野物；
聆听一只松鼠叽喳叫着，

在梅纳罗湾的金色花楸树
对她来说就是莫大的欢乐。

她与寂寞的太阳共眠山上，
　在那里曾有多少时光，
梅纳罗湾的金色花楸树
屡屡为她投下荫凉。

　鲜红色的果实丰盛
　鲜红色的枝叶摇动，
梅纳罗湾的金色花楸树，
却没有唤醒她的睡梦。

　只有风吹过她的坟墓
作为哀悼者与安慰者，
梅纳罗湾的金色花楸树
就是我们对她所知的一切。

布利斯·卡门 120

九月

在罗马历中九月是第七个月份，但在今天我们的历法中是第九个月份。盎格鲁-撒克逊人称之为"麦月"。

九月廿一日 圣马太节
九月廿九日 圣米迦勒节

谚语　　　九月一日见晴空，无风无雨到月终。

米迦勒节种树命其长，圣烛节时种树求其生。

九月凉风起，盼轻柔。直到秋果熟，入仓楼。

圣马太节，寒露是降。

年年九月，不是井枯，就是桥断。[121]

September

家麻雀和燕麦

九月

我最爱那九月的金黄，
露水缀满蛛网的清早；
沉思的日子无人来扰；
乌鸦的聒噪，黄铜色的叶，
残株点缀着一捆捆秋禾——
比起春天的明亮四处盈溢
更契合我灵魂中的秋季。

亚历克斯·史密斯[122]

城堡的墙上壮丽辉煌
故事里古老的雪峰，
悠长的光在湖面摇荡；
狂野的急流汹涌奔腾。
吹吧号角，吹吧，让野性的回声由此飞翔。
吹吧号角，应答呀回声，消亡，消亡，消亡。

哦快听，哦听听！多么尖细清晰，
愈发尖细，愈发清晰，愈行愈远！
哦多么悦耳，从远处的悬崖和峭壁
传来仙境的号角，若隐若现
吹吧，让我们听听紫色的峡谷如何回响
吹吧号角，应答呀回声，消亡，消亡，消亡。

丁尼生[123]

金翅雀啄食大翅蓟的种子

九月

一日　这是我们到此地后最热的一天，也是第三个阳光明媚的日子。骑车经由杜恩到邓布兰，路过许多树木茂盛、连绵起伏的村庄，沿途丘山低矮，远景怡人。这条路有很长一段沿着泰斯河蜿蜒向前。燕麦地里已经开始收割了。[124]

十七日　划船到韦纳哈湖尽头，在湖边野餐。山上的凤尾蕨纷纷变作铜色和黄色；其中大批已割下，丢在山坡上晒干，铺成一片片红棕相间、斑驳错落。所有树叶都未变色。回家路上，遇见湖对面的壮丽日落。东面山顶的余晖如此辉煌——金色、红色和棕色的暮光，渐深渐浓，直到变成山麓地带紫色、灰色的暗影。湖面上蒙着一层奇特的金褐色浮尘，我们猜想应是风从山上刮来的石南花粉。

廿二日　徒步到门蒂斯湖，翻山而返。和大多数苏格兰湖泊不同，这里的湖滨是十分平整的泥泞沼地，大片芦苇绕湖而生，实乃水鸟栖息胜地。此湖因盛产大狗鱼而闻名。湖边客栈的店堂里，四壁悬挂着制作精良的填充标本框，标本都是从附近水域捕得。

欧洲刺柏
（柏科刺柏属）

圆叶茅膏菜
（茅膏菜科茅膏菜属）

沼生纳茜菜的果皮

西班牙栗
(壳斗科栗属)

欧马栗
（七叶树科七叶树属）

九月

廿二日
（续）
湖对面有两座岛，我们划船到其中一座岛上的因什马霍姆修道院。这里有十分魁梧而古老的西班牙栗树，据说是修士所种；还有我所见最大的榛树；另有一棵黄杨树，据传是玛丽女王亲手所植。栗树大都蓊蓊郁郁，生机蓬勃，优美的树干相互交缠，枝头果实累累，榛树亦然。[125] 修道院废弃日久的墙上覆着一层绿油油的卵叶铁角蕨；圆叶风铃草从墙体最高处的众多裂缝里钻出，在空中摇摆着紫色铃铛。翻越泰斯河谷与门蒂斯区之间的崇山峻岭，我们经过了广阔的泥炭塘。一些苔藓和泥塘植物的颜色非常鲜艳，其中沼生纳茜菜的橙色果皮、深绯色还有绿得近乎白色的苔藓尤为醒目。石南现在都变作棕褐，只余下零星几点粉色。

廿五日　告别苏格兰，再度回到英格兰中部地区。

卅日　树上叶片几乎都还没变色。只有一些欧洲山毛榉树差不多谢顶了，叶子皱缩成一团飘落下来，毫无疑问是当地长期干旱所致。
天气依旧完美。白日烈阳高照，夜间清冷如水，清晨雾气缥缈。

九月

当成熟的玉米地日渐葱茏，
收获的人儿开始四处聚拢，
有一天清晨我将心灵放空，
向着小径独自闲步。
一只金翅雀在蓟花上停下
一面啄食一面将籽儿抛撒，
鹪鹩传唱着那悦耳的闲话，
或随意跳一支圆舞。

让·英奇洛[126]

欧洲荚蒾果

132

犬蔷薇和灌丛状悬钩子的果实

十月

　　原为古罗马历中的第八个月份。因落叶的缘故，斯拉夫人称此月为"金月"；盎格鲁-撒克逊人则惯称"冬望"，因为他们认定冬天从此月望日开始。

十月十八日 圣路加节
十月廿八日 圣西门和圣犹大节

谚语　　三月一日前，乌鸦忙寻伴；
　　　　四月一日前，乌鸦忙生产；
　　　　五月一日前，乌鸦高飞远；
　　　　十月风雨天，匆匆把家还。

十月好风送秋爽，吹落橡果作猪粮。

十月施肥趁天时，来年瓜果自殷实。

October

黄鹂在残茬地上觅食

十月

十月份随后来到，满载欢欣。

斯宾塞[127]

深深的宁静笼罩着高原，
笼罩着带露的金雀花，
还有遍地的蛛网银纱
闪现着碧色和金色的光点。

宁静的光照着秋的平原，
广阔的平原点缀着农家
和隐约可辨的城堡高塔，
在远方与大海融成一片。

丁尼生[128]

蓝铃花仍在草地里流连
身边就是羊圈，而林间
第二波繁花才绽，
花色轻浅，花香平淡；
却是果实而非花朵，给林地戴上花环
绕在秋天的眉畔：如今染红的山楂
覆盖着半秃的荆棘，悬钩子腰肢弯下
因那一树乌亮的负荷；榛子低垂
赭色枝条，浸入溪水
而水流一去不返，眼看就要溢满
撒满落叶的堤岸——我常凝睇，如雕塑一般，
望向溪流，心无杂念，
以梦眼追随，那漩涡中的泡沫
或花楸树的丛枝，或一捆捆收获，
乘着令人晕眩的激流漂走。

格雷厄姆[129]

十月

一日　温暖晴朗的一天。如今已不见多少野花；只采到一些蓝盆花和紫花野芝麻，树篱顶上还挂着一些白旋花。黑莓结了很多果子，其他各种浆果也都大获丰收。带回几串黑泻根的鲜红浆果做的长长项链，还有几根缀满栗子的树枝，准备画画。

二日　风雨自西南方来袭。

三日　雨燕早已销声匿迹了，这些天连毛脚燕的影子也见不到。在离开珀斯郡前很长一段时间里，我每天清晨趴在卧室的窗台上观察毛脚燕，看他们如何在屋顶上集结成群，整装待发。
还能看到一些家燕，不过大多数都已经南飞。
知更鸟又开始歌唱了。

五日　今天我观察到一大群麻雀和蓝山雀绕着花园里的向日葵扑扇翅膀，纷纷扎在填满葵花籽的花盘上。很显然，鸟儿已经发现葵花籽之间的空隙是虫子偏爱的藏身之所——尤其是甲壳虫和蠼螋。天气持续闷热，时有阵雨。

欧白英的浆果

欧洲榛
（桦木科榛属）

英国栎
（壳斗科栎属）

给我我所钟爱的生活，
多余的一毫不取。
给我头顶的欢乐天国，
和近旁幽僻小路。
林中一张床供我仰望星空，
面包蘸着河水便可享用——
有一种生活属于像我一样的人，
有一种生活可以永恒。

任狂风来袭，未知或迟或早，
任一切发生，无论是坏是好。
给我四方大地的容貌
和前方的道路。
财富非我所愿，也不以爱情为希求；
更不要相知的朋友；
我所愿者，无非头顶的天国
和脚下的道路。

就让秋天落在我身上
何方田野我不曾游荡，
让树上鸟儿不再吵嚷；
哈着冻僵的手指。
起雾的旷野白若粗谷——
温暖如炉边的憩息处——
我不会向秋天屈服；
也一样不怕冬日！

任狂风来袭，未知或迟或早，
任一切发生，无论是坏是好。
给我四方大地的容貌
和前方的道路。
财富非我所愿，也不以爱情为希求；
更不要相知的朋友；
我所愿者，无非头顶的天国
和脚下的道路。

罗·路·史蒂文森[130]

十月

十日　今天穿过田野到埃尔姆登公园，路上看到许多田野婆婆纳的小蓝花儿；除此之外，还有无臭母菊、蔓茎蝇子草，加上迟到的黑莓花，便是我所见仅存的野花了。整个冬天，只要天气稍微暖和一些，剪秋罗就会东一朵西一朵不断开放。埃尔姆登公园里的野花楸树蔚为大观——树冠顶部的叶子呈现绯红和猩红，低一点的则是深橙。一些其他的树也开始变换颜色了，但叶海的主调仍旧是绿色。我带回一些欧洲花楸果和橡实准备画画。虽然春天里野苹果树开过许多花，可待我要去找结出的果实，却遍寻不到。大约是摘光了吧。树篱上闹哄哄挤满各种浆果——蔷薇果和山楂、西洋接骨木、黑泻根、欧白英、欧洲荚蒾以及黑莓——鸟儿正忙着在浆果堆里大快朵颐。回家路上被一场雷阵雨淋个正着。

以下是我这个秋天在附近收集到的果实与浆果的名录，虽然我知道在沃里克郡其他地方另有一些品种，但想必不会太多：

西洋梨，野苹果，黑刺李，乌荆子李，黑莓，蔷薇果，山楂，欧马栗，甜栗，野花楸，榛子，山毛榉实，欧洲红端木，西洋接骨木，欧白英，黑泻根，红豆杉。

以上只有欧白英和黑泻根的浆果是有毒的，不过欧洲红瑞木的浆果非常苦涩、难以入口，令人好奇的是，尽管红豆杉的叶片含有剧毒，浆果却完全无害，鸟儿非常爱吃；唯一有问题的是正中的硬核，鸟儿早已学会弃之不食。

以上名录中我漏掉了欧洲荚蒾和欧洲花楸；得再加上冬青树，其浆果如今已是红艳艳；还有女贞。共计二十一种。

黑泻根的浆果

秋颂

约翰·济慈 [131]

雾气洋溢、果实圆熟的秋，
你和成熟的太阳成为友伴；
你们密谋用累累的珠球，
缀满茅屋檐下的葡萄藤蔓；
使屋前的老树背负着苹果，
让熟味透进果实的心中，
使葫芦胀大，鼓起了榛子壳，
好塞进甜核；又为了蜜蜂
一次一次开放过迟的花朵，
使它们以为日子将永远暖和，
因为夏季早填满它们的黏巢。

谁不经常看见你伴着谷仓？
在田野里也可以把你找到，
你有时随意坐在打麦场上，
让发丝随着簸谷的风轻飘；
有时候，为罂粟花香所沉迷，

你倒卧在收割一半的田垄，
让镰刀歇在下一畦的花旁；
或者，像拾穗人越过小溪，
你昂首背着谷袋，投下倒影，
或者就在榨果架下坐几点钟，
你耐心地瞧着徐徐滴下的酒浆。

啊，春日的歌哪里去了？但不要
想这些吧，你也有你的音乐——
当波状的云把将逝的一天映照，
以胭红抹上残梗散碎的田野，
这时啊，河柳下的一群小飞虫
就同奏哀音，它们忽而飞高，
忽而下落，随着微风的起灭；
篱下的蟋蟀在歌唱，在园中
红胸的知更鸟就群起呼哨；
而群羊在山圈里高声咩叫；
丛飞的燕子在天空呢喃不歇。

西洋接骨木和欧洲山毛榉的果实

十月

十四日　熬过一周的潮湿阴雨天气，终于放晴了，但有点儿冷。溜达到凯瑟琳德巴恩斯村，我先前知道那一带的树篱结了很多红瑞木果，这次专门去采了一些回来。沿途处处可见蔷薇果，尤其是在我们经过那块长满荆豆和荆棘的公地上。一大群鸣雀在这里啄食浆果。一些荆豆已经开花了；这一切，连同灌木丛中鲜红的蔷薇果和四处攀爬的黑莓枝，上面都覆盖着红黄相间的叶片，在阳光下如同色彩斑斓的织锦。几株圆叶风铃草和沼生苦苣菜还开着花；一棵野苹果树结了果，我试着去摘，却总是够不着。菊花、大丽花和荷兰菊将村舍花园装点得艳丽非常；五叶爬山虎的叶子红了，村舍墙壁便染成绯色。

十六日　今早姐姐从凯斯顿公地给我寄来一些绯底白点的可爱伞菌。尽管有好大一部分在路途中惨遭损坏——菌盖从菌柄上脱落下来了，我还是设法给其中的一两枚画了张速写。[132]

廿一日　如今连夏天最后的访客都已飞走；大约两周前我还能经常看到一只叽喳柳莺在花园的茶藨子丛中蹦来跳去——他走得最晚，却往往来得最早。不过，雀鹀鹪又卷土重来，回到夏季里抛弃的花园故地。他们在房子的墙角窗边飞来飞去，想必都怀揣着那个不可告人的心愿——找到那颗属于他们的椰子。
紫翅椋鸟、麻雀和鸣雀成群结队洗劫了残茬地和草场，过不了多久，白眉歌鸫和田鸫也会加入进来。这一周依旧温暖多雨。

红豆杉，子累累，暗影重。

马·阿诺德[133]

秋天的黄昏如此安详。
终于，落日余晖暗燃，吞下
远方的森林，如一支火把
经风一吹，竟反噬了持火人的手
吐出长长的绯红火舌；如一截烧焦的木头，
下方的林地幽幽躺着。

罗·布朗宁《索尔代洛》[134]

欧洲红端木
(茱萸科梾木属)

野苹果
（蔷薇科苹果属）

黑刺李
（蔷薇科李属）

野花楸的果实

十月

廿五日　今天我观赏到一些制作精良的高大环柄菰标本，淡淡的黄褐色缀着深黄褐色的斑斑点点。

卅一日　温和潮湿，时有阳光三两束。整个十月的天气一直很温和。

尖刺头山楂的果实

十月

如今秋火爬过树林缓缓燃烧，
日复一日，枯叶落地又消融，
夜复一夜，一声声训诫的狂风
在锁孔里哀号，诉说它如何穿越
空旷的原野，孤独的高地，
或冷酷狂野的波涛，如今这力量变得
忧郁，心中的柔情蜜意
胜过任何放纵的夏日所予的欢乐。

威廉·阿林厄姆 135

啊天下辽阔之地，远离喧嚣的城镇！
壮阔闪耀的大海！松林！狂野的群山！
岩石滩！蓬乱的石南丛，绵羊收割过的丘陵！
大片苍白的云朵！清碧太空一尘不染！
空间！给我空间！给我空气与孤独！
你那美妙的领域尽藏自由与丰饶之物。

啊山脉、群星与无穷太空之神！
啊自由与欢喜心之神！
当你的脸越过千万张脸向前张望；
便是拥挤的集市也顿觉空旷；
你在我身旁，喧哗就立刻消亡；
你的宇宙，是我门户不开的密室。

乔治·麦克唐纳 136

篱笆槭
（槭树科槭属）

欧亚槭
（槭树科槭属）

十一月

　　古罗马历以三月为始，如今的十一月便是第九个月份。十一月十一日被视为冬天的开始。盎格鲁-撒克逊人将十一月称之为"血月"，此名多半暗指圣马丁节时人们宰杀牲畜储备入冬的习俗。

《不列颠百科全书》

十一月一日 万圣节
十一月二日 万灵节
十一月十一日 圣马丁节
十一月廿二日 圣则济利亚节
十一月廿五日 圣加大肋纳节
十一月卅日 圣安得烈节

谚语　　　　十一月大风好似连枷打，船只们出海担惊又受怕。

十一月冰厚可立鸭，十二月雪烂污泥洼。

十一月

　　十一月最早的时光
　　染红了爬藤的叶子，
如一道血痕，热烈而莽撞地
洒在盾牌上；边框雕饰尽是金黄
　　陈列在由小仙子托起
　　小精灵缝制的苔藓地垫上。

罗·布朗宁 [137]

　　年岁于暮光下奄奄一息；
　　诗人于秋林中冥想沉思；
　　　在凋残的树叶里
　　　听到忧郁的叹气。

不然——却像是灵魂在荣耀中沐浴，
　　年岁的使者启程离开；拂去
他的长袍，一度拥有春天的青碧
　　夏天里也曾蓝得俏丽。

　　完成了他在人间的任务，
　　给万千山谷填满金色的谷物，
　　果园盛满玫瑰色的果实，
　　　鲜花洒满大地——

　　　他在西方流连片刻，
　　　随着残照遍布人间
　　露出甜蜜微笑来作别
　　就此回到上帝的身边。

德国诗 [138]

November

紫翅椋鸟
(椋鸟科椋鸟属)

十一月

一日　毛毛雨下个不停——典型的十一月天气。

三日　清早天寒雾浓，不久日出雾散。我带回一本关于英国伞菌的小书，里面收录了六十五个变种的图片。令我失望的是，竟然没找到那种绯底白点的可爱伞菌。下午到堇菜林，想试试看到底能发现几个种类。太阳底下晒得发烫，不过秋叶在午后晴暖的日光中看起来很美。不到半个钟头，我就找到十种菌类，都长在林中以及毗邻田地里——全是棕褐色，只有两个例外——其中一种是很常见的簇生垂幕菇，变幻多彩的橙与黄，在枯木林里极其繁茂；还有一种长着暗粉色菌盖，略显苍白的淡紫色内里，我只找到一簇——其中一两枚个头特别大。这本书的末尾还有一些很有意思的注解；其中一则如是描述伞菌乃至蕈类的形成及构造：

> "蕈类本身由若干微小的菌丝组成，这些菌丝还在地底下的时候朝着四面八方生长——只有当蕈类长出地表足以结出孢子时，我们才见到蘑菇。不难看出，以孕育孢子为核心功能的蘑菇，其实只是蕈类的子实体。"

在另一则注释里，作者称，英国伞菌中有相当大一部分是可食用的，作为食物也极富营养价值；虽然外国人已大量食用各种真菌了，但英国人在所有的真菌中几乎仍然只食用蘑菇。

伞菌

157

变色多孔菌
（多孔菌科栓菌属）

簇生垂幕菇
（球盖菇科垂幕菇属）

鹿角菌
（炭角菌科炭角菌属）

十一月

十日 连续两天刮风下雨，星期四又有风暴从西北方袭来，到今天可算是放晴了，但还是冷飕飕的。

再度出门进行真菌大狩猎；这次我穿过草甸，看到田堤上两截老树桩完全被硕大平展的伞菌所覆盖，橙褐色菌盖，鹅黄色菌褶，几乎看不到菌杆。在这块田地其他地方的一些山毛榉和松树底下，我找到很多带有紫色菌褶的变种；其中一些稍大的都是暗褐色，很明显只有幼小的新生伞菌菌盖内里才是漂亮的淡紫色。山毛榉主干上树皮撕裂的地方，层层叠叠地长着一种十分俊俏的菌类：菌盖呈黛蓝，菌杆为纯白——菌褶卷成神奇的波浪状，光华闪烁——乍一看去很有白珊瑚的效果。在草甸开阔处，我发现了好几个其他品种——有一种戴着个亮闪闪的棕色尖顶，可像小圆面包了；更远一点的小树林里，我在一截朽烂的树桩旁采到一些变色多孔菌；还摘得一枚小巧精致的鹿角菌。林间欧洲蕨浅黄色的羽状复叶长在灌丛状悬钩子的深色叶片当中，显得愈发秀丽。榆树的落叶给道路铺上一层金黄。虽然现在大多数叶子还绿着，但挨不过一两次霜冻，就会掉个精光。

十三日 今天早上穿过原野，经由埃尔姆登道，到村舍去给乌鸦和欧歌鸫写生。天色有点灰，但却安静得恰到好处。薄雾四起，给远处林木蒙上一层紫纱。很多树都秃了顶，只有夏栎枝叶尚全，还是一身铜褐色装束；树篱和堤岸上，榛树叶和欧洲蕨也在闪耀金光；到处散发着落叶的气息，这是一种属于秋天的芬芳。中途经过一处草场，各式各样的伞菌出没其间；奇怪的是，我之前也经过几处草场，却连伞菌的影儿也不见一个，唯独这里长了许多。

绿啄木鸟
（啄木鸟科绿啄木鸟属）

十一月

哦，狂暴的西风，秋之生命的呼吸！
你无形，但枯死的落叶被你横扫，
有如鬼魅碰上了巫师，纷纷逃避；

黄的，黑的，灰的，红得像患肺痨，
啊，重染疫疠的一群：西风啊，是你
以车驾把有翼的种子催送到

黑暗的冬床上，它们就躺在那里，
像是墓中的死尸，冰冷，深藏，低贱，
直等到春天，你碧空的妹妹吹起

她的喇叭，在沉睡的大地上响遍，
（唤出嫩芽，像羊群一样，觅食空中）
将色和香充满了山峰和平原；

不羁的精灵啊，你无处不远行；
破坏者兼保护者：听吧，你且聆听！

把我当作你的竖琴吧，有如树林：
尽管我的叶落了，那有什么关系！
你巨大的合奏所振起的乐音

将染有树林和我的深邃的秋意：
虽忧伤而甜蜜。啊，但愿你给予我
狂暴的精神！奋勇者啊，让我们合一！

请把我枯死的思想向世界吹落，
让它像枯叶一样促成新的生命！
哦，请听从这一篇符咒似的诗歌，

就把我的话语，像是灰烬和火星
从还未熄灭的炉火向人间播散！
让预言的喇叭通过我的嘴唇

把昏睡的大地唤醒吧！要是冬天
已经来了，西风啊，春日怎能遥远？

雪莱《西风颂》[139]

灌丛状悬钩子的叶片

十一月

十三日 在我画鸟的村舍，隔壁住着一对猎场看守人夫妇，那妇人拿了两个制作精良的欧夜鹰填充标本给我看，说是她丈夫在附近射中的。我在达特穆尔和萨里公地以及坎伯兰郡经常看到这种鸟，却不知道英格兰这一带也能遇见。[140]

十四日 今天我看到一只翠鸟飞过奥尔顿车站下方路边的小池塘。所有的桤木和榛树上都长出了新的花序。今天傍晚的日落最是绚烂非凡，令人难忘。有生之年，我还从未见过像今天这么大朵的落日。整个儿的绯红衬着紫色暗影而呈球状，看起来像一只悬浮于灰色云幕前的巨型热气球。

十五日 西边刮来狂风暴雨。下午我从索利哈尔散步回家。一路上，万千木叶萧萧而下，在我面前翻飞起舞。

十九日 今冬第一场霜冻；凛冽的西北风带来冰雹阵雨。

廿六日 骑车到索利哈尔；打夏栎林间小径回来。太阳好极了；林下植被上蕨类行将枯萎的羽状复叶，还有半亮的夏栎仅存的几片叶子，都被照得透亮。落叶厚厚地铺了一路呢！在凯恩顿道的尽头，我听到欧歌鸫在山毛榉树丛中极其惬意地歌唱着。[141]

卅日 西北风，间有阵雨。

柳兰的果皮

唱呀甜美的鸫鸟，在光秃秃的枝上，
唱呀甜美的鸟儿，我聆听你的乐章，
老态龙钟的冬天，板着个脸，
在你欢喜的颂歌中，展开了紧皱的眉眼。

彭斯 [142]

欧歌鸫
（鸫科鸫属）

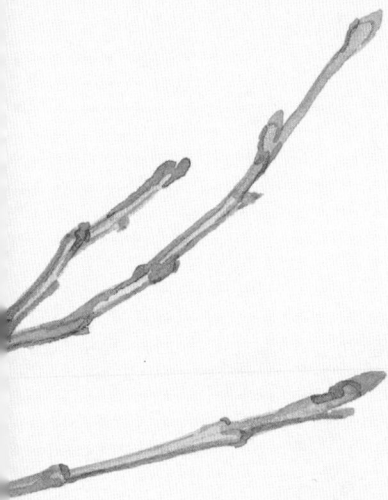

像那冬天里的鸫鸟，当天空
变得阴郁灰沉，当树林凋残，
仍坚持不懈地歌唱，直到他的旋律中
春天的芳菲穿过冻结的空气飘散——
我的心也是如此，尽管忧愁气息冰凉
黯淡苦涩，冰霜难解；
这颗心偏要跃动，蔑视绝望与死亡，
阳光照亮的泉水，唱着凯旋之歌。
唱呀甜美的歌者！直到堇菜开放
南风吹起，唱呀，鸟中先知！
我这双唇，虽然向来不声不响
若能对人类唱出我那忧心所闻知
生命中最黯淡的时光便将响起欢乐颂，
生命中最黑暗的冰霜也能绽出春意浓。

埃德蒙·霍姆斯 [143]

166

原独活和峨参的果皮

欧洲稻槎菜
（菊科稻槎菜属）

酸模
（蓼科酸模属）

当怒号的北风漫天吹啊，
咳嗽打断了牧师的箴言，
鸟雀们在雪里缩住颈项，
玛利恩冻得红肿了鼻尖。

莎士比亚[144]

十二月

　　古罗马历只有十个月，如今的十二月是原来的第十个月，也是最后一个月。因为圣诞节的存在，盎格鲁-撒克逊人称十二月为"圣月"。十二月二十二日是冬至日，此时太阳直射南回归线。

　　　　　　十二月廿五日 圣诞节
　　　　　　十二月廿九日 圣多马节
　　　　　　十二月卅一日 新年除夕夜

谚语

脱掉旧衣换新袍，
圣诞佳节终来到，
记取眼前乐淘淘，
来年漫漫总难熬。

腊月勤添衣，睡到日头西。

圣诞天气怕如春，乍寒时候墓园满。

十二月

接着到来的是冰冷的十二月，
　而他，凭借宴会的笑语
与盛大的篝火，已将严寒抛却。
　他因救世主的降临而欢愉，
身骑一只山羊，有着蓬松的胡须，
　正如在宙斯的年幼时光，
伊达山的神女喂养的动物。
　一只深邃的巨碗在他手上，
他便畅饮，为友人的健康献上祝福。

斯宾塞[145]

满面皱纹、身材佝偻的男子，
　他们这样描绘你，老冬日。
灰色的胡须拉碴，像苹果树上长长的地衣。
　双唇阴蓝，削尖的蓝鼻头上缀着一颗冰珠。
捂紧了身子，迈着沉重的脚步，
　走上泥泞的道路，
　独自穿过冷雨和飘雪。
而他们本该画你在高高堆起的炉火旁，
　老冬日！坐在你那豪华的扶椅上，
看着孩子们投身圣诞节的欢乐海洋，
　当他们将你团团簇拥，你就开始讲
一些逗人的笑话，或是谋杀的传说，
　或是不安的灵魂如何惊动夜色
偶尔停下，翻搅阴燃的炉火，
　尝一口明亮棕黄的十月麦酒。

罗·骚塞[146]

December

欧洲女贞和枸骨叶冬青的浆果

十二月

一日　天气晴朗，寒风自东北来。过去几周里，鸟儿早晨都会飞来等候喂食。今天我把一只椰子放到外面，这下乐坏了山雀，一整天都在那里啄食这只椰子——大多数是青山雀。

三日　三天以来风雨时晴。

七日　霜严雾浓。第一个像样的冬日。一群又一群鸟儿飞来觅食；山雀在椰子上开仗了，你争我抢，不可开交；忽然一只知更鸟跳进椰壳里饕餮一顿，不许山雀近前。我猜知更鸟并不是真的爱椰子，而是实在看不惯这些山雀自顾自玩得开心，于是非要插一脚。

九日　在暴风雪中醒来，纷飞雪片从天而降——却是今冬的初雪。不过很快就停了，明媚阳光露了脸，晚上又是严寒刺骨。

十日　天寒霜冻。看来冬天是正儿八经登场了，不过预报说天气还会有急剧变化。

十二日　风雨时晴。今晨见到最美的彩虹，大约持续了十分钟。

十四日　好大一场雪。

廿日　冰雪急融之后，四天无风无雨，天气温和宁静，无比美妙；风已绕道向东，看来今年还是可能会遇上圣诞霜冻。

廿五日　圣诞节早晨醒来，漫天飞雪；很快就放晴了，夜里结了浓霜。

廿五日　今夜又是好大一场雪。

凋残的荆棘丛中一只欢乐的鹪鹩，
冰柱从岩间垂下，一滴滴，
唱着经年的歌儿；即使雪片飘飘
阔如她的翅翼，她轻盈地跃起，
穿破风雪，振翼而歌。

詹姆斯·格雷厄姆 [147]

鹪鹩
（鹪鹩科鹪鹩属）

林岩鹨
（岩鹨科岩鹨属）

十二月

赤裸裸的小屋，赤裸裸的荒野，
门前一塘池水逼仄。
园中不见果实与花朵，
白杨树立在角落。
这是我所住的地方，
屋内清冷，屋外荒凉。

而你这粗粝的荒野将迎来，
黄昏无与伦比的异彩。
以及拂晓那金色荣光，
在战栗的树木后酝酿。
而当风从四方聚拢，
让云帆相互逐弄，
花园将再次变幻明晦，
细雨和跃动的阳光相随。
魔法般的月亮出现在天际，
在白日的瑰丽消散之时，
那酒红色的尽头，

有无数星星等候。
附近的空谷干了又湿，
春天将随温柔的花朵缓至。
而清晨的缪斯早已遍阅，
金雀花草地上飞起的云雀。
露珠点缀童话般的细丝与轮盘，
像钻石将蛛网镶嵌。
当雏菊凋残，冬日用水晶
给枯乏的草地镀银。
秋霜为池塘施法，
让车辙的美丽充满变化。
而当荒野披上一片雪光，
孩子们将会如何热烈鼓掌。
将大地变作我们隐居的世界，
欢欣的一页，变幻的一页
神将用时日和四季来填满，
涂上明亮繁复的图案。

罗伯特·路易斯·史蒂文森[148]

那片葱茏吐出常春藤芽儿
遍布大地，盘根错落；
或者向高处胡乱攀爬，
在榆树、白蜡树和桤木间漂泊。
萦绕树干织网，
如此奇妙，出人意想，
枝枝叶叶有着无数形貌，
缀着浅绿的花朵与半吐的花苞。
常春藤，我们本土的芳菲
如今正枝叶累累
浅绿的花朵，将种子催熟
那乌亮珠子变成食物，
岿然不惧冬日的严寒，
小鸟儿的宿主，久经磨难。
常春藤，最美丽的植物
在周围草木中，最为迅速，
叶片凌于枝条和树干，
闪耀着明亮光泽，顽固交缠。
而那原本枯涩的林地风光，
穿上了鲜嫩的绿衣裳。

曼特主教 [149]

洋常春藤
（五加科常春藤属）

十二月

廿七日　今天的报纸报道，六年以来头一遭，整个不列颠从约翰奥格罗茨到兰兹角都覆盖在大雪之下。[150]

廿八日　天空澄澈如洗，但据报道称，全国各地仍持续有强暴风雪，有的地方甚至雷电交加。
英格兰东部沼地已经开始滑雪了。

廿日　霜冻不散，一整天下着小雪。自从往常的觅食领地为大雪覆盖之后，鸟儿这两周以来堪称勇气可嘉。乌鸦和欧歌鸫通常都很胆怯，一旦有人靠近便逃之夭夭，现在却只是跳开几步，在小灌木丛友好的庇护下，探出一双滴溜溜的眼睛，时刻准备着再回去饱食一顿面包屑大餐。山雀、知更鸟和麻雀早就对人类熟视无睹了。前些天，我看到苍头燕雀也凑在其他鸟群中一起觅食；他们往常很少接受喂食的。不过，在春天里，草坪上处处可见他们的身影，纷纷忙着从草皮里拣啄苔藓回去筑巢。

廿一日　岁终；今晨气温有所回升，寒风也绕道往西南方去了，处处可见雪融将至的迹象。报纸报道了各地的大雪，约克郡、东洛锡安区和苏格兰高地外围边远的农场和乡村因积雪太深，已是彻底与世隔绝了。[151]

白果槲寄生
(桑寄生科槲寄生属)

译校注释

1. 沃里克郡（Warwickshire）位于英格兰中部，主要由地势起伏的乡村组成，埃文河（River Avon）延伸至其西南部。奥尔顿（Olton）旧属沃里克郡，1974 年地方改组后划归西米德兰兹郡（West Midlands）。雏菊坡（Gowan bank）即该地一幢屋宅，作者伊迪丝·布莱克韦尔·霍尔登（Edith Blackwell Holden, 1871–1920）一家在此生活，本书亦于此间完成。"Gowan"是雏菊的苏格兰名字，本书第 10 页摘抄的《致一支山雏菊》原诗名即为"The Gowan"。

2. 乔治·戈登·拜伦（George Gordon Byron, 1788–1824）：《孤独》（Solitude），《恰尔德·哈洛尔德游记》选段，查良铮（穆旦）译，载《拜伦诗选》，《穆旦译文集》，北京：人民文学出版社，2005 年，第 3 卷，第 117 页。[原书引诗往往不明出处，译注已尽力补全。下同。]

3. 雅努斯（Janus）是掌管开始、门、通道与结束的古罗马神祇。

4. Edmund Spenser (1552–1599): *The Faerie Queen*, Canto Seven, 42. 组诗该部描述一年十二个月的情形，并对应于十二星座。此处摘抄诗节删去末尾二行"他站上宝瓶座那硕大的土罐；这巨口便涌出了罗马的洪流"。

5. Henry Thomas Mackenzie Bell (1856–1930): "Old Year's Leaves".

6. 萨缪尔·泰勒·柯尔律治（Samuel Taylor Coleridge, 1772–1834）：《午夜寒霜》（Frost at Midnight），杨德豫译，载《华兹华斯 柯尔律治诗选》，北京：人民文学出版社，2001 年，第 361 页。

7. 埃尔姆登公园（Elmdon Park）。

8. 19 世纪以前，植物学英文术语中常以"seed-vessel"称果皮（有时也译作种皮），意指成熟后形态多样的子房壁。如今随着术语规范化，源自希腊文的"pericarp"成为主流，但"seed-vessel"也保留下来，常常出现在非学术腔的文体以及教学中。

9. Robert Burns (1759–1796): "To a Mountain Daisy".

10. William Wordsworth (1770–1850): "To the Daisy". 莫里斯（Morrice）舞是英国古老的民间传统，起源于一种类似民兵操练的庆典仪式，中世纪时开始广泛流传。男士们身穿灯笼裤，在腿上绑好铃铛，手持木棍，和着欢快的手风琴旋律起舞。

11. Geoffrey Chaucer (1343–1400): " The Legend of Good Women".

12. John Fletcher (1579–1625): " The Two Noble Kinsmen".

13. John Clare (1793–1864): " Spring Flowers".

14. 珀西·比希·雪莱（Percy Bysshe Shelley, 1792–1822）：《一个未知世界的梦境》（A Dream of the Unknown），李昌陟译，载《英国浪漫主义五大家诗选》，重庆：重庆出版社，2000年，第161页。

15. 红豆杉为裸子植物，作者所言之浆果，实为其种子。下文同此，不再标明。

16. 威廉·华兹华斯：《紫杉树》（Yew Trees），黄杲炘译，载《华兹华斯抒情诗选》，上海：译文出版社，1986年，第258–259页。此译本中"紫杉"学名应为"红豆杉"。

17. Hartley Coleridge (1796–1849): " Feb.1st (1842)".

18. 此处《记事报》（Chronicle）或指1872年创刊的《每日记事报》（Daily Chronicle），是当时英国发行量极大的主要日报。1930年并入《新闻记事报》（News Chronicle），1960年再度并入《每日邮报》（Daily Mail）。多佛尔（Dover）为英格兰东南部港口，位于肯特郡（Kent），临多佛尔海峡。伊登布里奇（Edenbridge）位于肯特郡塞文奥克斯区（Sevenoaks）。埃尔姆斯特德（Elmstead）应指埃塞克斯郡（Essex）一乡村。

19. Elizabeth Barrett Browning (1806–1861): " Lessons from the Gorse".

20. 索利哈尔（Solihull）旧属沃里克郡，后划归西米德兰兹郡。

21. 本特利希斯（Bentley-heath）旧属沃里克郡，后划归西米德兰兹郡。帕克伍德（Packwood）为沃里克郡一处古老教区。

22. 基督徒思罪忏悔的节日。在大斋首日之前的星期二举行，英国惯称"煎饼星期二"（Pancake Tuesday），在这一天要将斋戒期间禁食的肉与油用完，准备封斋。

23. 圣灰节亦称大斋首日，为基督教大斋期之始，时间为复活节前第四十天的星期三。当天举行涂灰礼，以示忏悔之意。

24. 罗伯特·彭斯：《写给小鼠》（To a Mouse），王佐良译，载《英国诗选》，王佐良主编，上海：译文出版社，2011年，第183–184页。

25. George Meredith (1828–1909): " Tardy Spring".

26. 马蒂乌斯（Martius）源于古罗马神话中的战神马尔斯（Mars）。

27. 原文配克（Peck）是干物计量单位，1 配克等于 8 夸脱或 2 加仑。此句意指三月往往多狂风暴雨，路面泥泞，干尘难得。

28. William Cullen Bryant (1794–1878): " March".

29. Norman Rowland Gale (1862–1942): " Spring".

30. Norman Rowland Gale: " A Creed".

31. 布什伍德（Bushwood）和金斯伍德（Kingswood）均为沃里克郡乡村。

32. 威廉·华兹华斯：《早春命笔》（Lines Written in Early Spring），杨德豫译，载《华兹华斯诗选》，桂林：广西师范大学出版社，2009 年，第 216 页。

33. 坎伯兰郡（Cumberland）原为英格兰西北部一郡，1974 年后划归新设立的坎布里亚郡（Cumbria）。黄鹀的俗名"乐得林"（Yeldrin）或"黄娇娘"（Yellow Yowlie）等在苏格兰语中有多种变体。

34. William Wordsworth : " The Tables Turned".

35. Robert Tannahill (1774–1810): " Gloomy Winter's Now Awa'".

36. Robert Burns: " A Brother Poet".

37. 罗伯特·布朗宁（Robert Browning, 1812–1889）：《海外乡思》（Home Thoughts from Abroad），飞白译，载《英国诗选》，王佐良主编，上海：译文出版社，2011 年，第 401 页。

38. Elizabeth Barrett Browning: "England", *Aurora Leigh*.

39. 威廉·莎士比亚（William Shakespeare, 1564–1616）：《冬天的故事》（*The Winter's Tale*），第四幕，第四场，朱生豪译，载《莎士比亚全集》，北京：人民文学出版社，1994 年，第四册，第 163 页。

40. 同前引，第四幕，第三场，第 154 页。

41. William Shakespeare: *The Winter's Tale*, Act IV, Scene III. 原文朱诺（Juno）对应古希腊神话中的天后赫拉，库忒瑞亚（Cytherea）则对应爱神阿佛洛狄忒。

42. Percy Bysshe Shelley: " The Sensitive Plant".

43. Robert Burns: " My Nanie's Awa'".

44. Sir Herry Wooton (1568–1639): " Elizabeth of Bohemia".

45. Christina Georgina Rossetti (1830–1894): " Who Hath Despised the Day of Small Things".

46. 在法国、意大利和比利时以及瑞士、加拿大法语区，四月一日的习俗就是"四月鱼"，其中包括在愚弄对象背后神不知鬼不觉地贴上一条纸鱼。

47. William Shakespeare: *Love's Labour Lost*, Act V, Scene II. 美人衫（Ladies' Smocks）即草甸碎米荠之俗名。

48. 威廉·莎士比亚：《维罗纳二绅士》（*The Two Gentlemen of Verona*），第一幕，第三景，阮珅译，载《莎士比亚全集》，上海：译文出版社，2014年，第一卷，第294页。

49. Effie Margaret Holden(1867–1953): " A Song of Salutation". 这是作者伊迪丝的长姐。

50. John Keble (1792–1866): " November".

51. 伊丽莎白·巴雷特·布朗宁：《孩子们的哭声》（The Cry of the Children），飞白译，载《英国诗选》，王佐良主编，上海：译文出版社，2011年，第362–364页。此译本中"樱草花"应为"黄花九轮草"。

52. Alfred Hayes (1857–1936): " To the Cowslip". 伊摩琴（Imogen）是莎士比亚剧作《辛白林》中的不列颠公主，辛白林之女。

53. 诺尔（Knowle）位于索利哈尔东南面，旧属沃里克郡，后划归西米德兰兹郡索利哈尔。

54. 布里斯托尔（Bristol）为英格兰西部港口城市。斯托克大教堂（Stoke Bishop）位于布里斯托尔西北。伍斯特郡（Worcestershire）与格洛斯特郡（Gloucestershire）均在英格兰西部。

55. 达特穆尔高地（Dartmoor）位于德文郡（Devonshire）西南部，1951年辟为国家公园。下文所述即此地特产的小矮马，长期处于半野生状态，目前数量极少。道斯兰（Dousland）为当地一乡村，火车站于1883年启用，1956年废弃。

56. Felicia Dorothea Hemans (1793–1835): " The Voice of Spring".

57. Percy Bysshe Shelley: " The Invitation".

58. William Wordsworth: " To the Small Celandine".

59. Robert Burns: " Lament of Mary, Queen of Scots, On the Approach of Spring".

60. 巴雷托尔（Burrator）位于达特穆尔高地。米维河流经米维峡谷（Meavy Glen），有米维村。雅娜敦低地（Yannadon Down）又作"Yennadon"，位于达特穆尔高地，现为达特穆尔国家公园胜迹。

61. 牛津郡（Oxfordshire）为英格兰南部一郡，泰晤士河流经此地，形成宽阔的谷地。

62. 劳里（Lowry）。野兔平常没有固定栖息地，春夏在茂密的幼林和灌木中用前爪挖出浅浅的小穴伏卧其中，借着毛皮的保护色藏身。

63. 沃尔克姆河（River Walkham）发源于达特穆尔高地，流经哈克沃西（Huckworthy）村处有一座桥，以风光优美著称。

64. 比克利谷（Bickleigh Vale）位于达特穆尔南缘，普利姆谷西边。普利姆河（River Plym）发源于达特穆尔高地，于普利茅斯海峡入海，普利茅斯即由此得名。马什米尔斯（Marsh Mills）火车站开设于 1865 年，现为普利姆谷铁路线运营总部。

65. *Woods' Natural History*.

66. William Motherwell (1797–1835): " They Come! The Merry Summer Months".

67. 萨缪尔·泰勒·柯尔律治：《夜莺》（The Nightingale），杨德豫译，载《华兹华斯 柯尔律治诗选》，北京：人民文学出版社，2001 年，第 386 页。

68. Alfred Lord Tennyson(1809–1892): " The May Queen".

69. 迈亚（Maia），在希腊神话中是提坦诸神阿特拉斯（Atlas）的女儿，与宙斯生下赫耳墨斯（Hermes）即罗马神话中的墨丘利（Mercury）。在罗马神话中迈亚象征着生长。

70. 萨默塞特郡（Somerset）为英格兰西南部一郡，临布里斯托尔海峡。

71. 威德尼道（Widney lane）。威德尼位于索利哈尔。布莱斯河（the Blythe）发源自沃里克郡，流经索利哈尔。

72. 罗伯特·布朗宁:《海外乡思》,飞白译,载《英国诗选》,王佐良主编,上海:译文出版社,2011年,第401页。

73. Edmund Spenser: *The Faerie Queen*, Canto Seven, 34. 此节描绘双子座的形态,其中代表双子的双星即北河二与北河三。

74. 威廉·华兹华斯:《永生的信息》(Ode: Intimations of Immortality),杨德豫译,载《华兹华斯诗选》,桂林:广西师范大学出版社,2009年,第243-251页。

75. 埃文河畔斯特拉特福(Stratford-upon-Avon)为沃里克郡集贸市镇,莎士比亚的故乡。肖特里(Shottery)为斯特拉特福西郊一乡村。

76. Elizabeth Barrett Browning: " England", *Aurora Leigh*.

77. Jean Ingelow (1820–1897): " Seven Times One", *Songs of Seven*.

78. 哈顿(Hatton)为沃里克郡一乡村,在沃里克镇以北。

79. 考登瑙斯(Cowdenknowes)位于苏格兰边区劳德代尔(Lauderdale),以漫山遍野的金雀花著称。

80. William Wordsworth: " Rotha, the River Banks of the Rotha", *To Joanna*.

81. Dafydd ap Gwilym (1315/1320–1350/1370): " The Grove of Broom".

82. William Browne (1590–1645): *Britannia' s Pastorals*, Book II, Song II. 原文出处恐有误。

83. Elizabeth Barrett Browning: " England", *Aurora Leigh*.

84. 布鲁图(Lucius Junius Brutus)为古罗马传说人物,于公元前509年建立共和国并出任第一届执政官。

85. 英国圣人历(Calendar of saints)中属于使徒巴拿巴的纪念日。过去人们认为这是一年里白昼最长、天气最清明的一天,也标志着干草收获季的来临。

86. 降灵星期一(Whit Monday)又称圣灵降临节,是基督教中为纪念耶稣复活后差遣圣灵降临而举行的庆祝节日。

87. 亚宁盖尔公地(Yarningale Common)位于沃里克郡克拉弗登村(Claverdon)。巴德斯利·克林顿庄园(Baddesley Clinton)位于沃里克古城北部。罗克索尔村(Wroxall)和什罗利(Shrewley)均为沿途地名。

88. Edmund Spenser: *The Faerie Queen*, Canto Seven, 35. 此节描绘巨蟹座的形态，摘抄诗节删去末尾一行"一如粗鲁之人强扮庄重"。

89. Jean Ingelow: " Divided".

90. Norman Rowland Gale: " Leafy Warwickshire".

91. 谢尔登（Sheldon）旧属沃里克郡，后划归西米德兰兹郡。

92. 威廉·莎士比亚：《无事生非》（*Much Ado About Nothing*），第三幕，第一场，朱生豪译，载《莎士比亚全集》，北京：人民文学出版社，1994 年，第一册，第 496 页。

93. Elizabeth Barrett Browning Trans. From Sappho (625BC–570BC): " Song of the Rose".

94. Sir Walter Scott (1771–1832): " The Chase", *The Lady of the Lake*.

95. Matthew Arnold (1822–1888): " Bacchanalia".

96. 凯瑟琳德巴恩斯（Catherine de Barnes）、阿登地区汉普顿（Hampton in Arden）以及比肯希尔（Bickenhill）三村旧属沃里克郡，现均划归西米德兰兹郡索利哈尔。阿登地区位于沃里克郡，传统上指埃文河至塔梅河（River Tame）一带，森林广布。

97. 曼布尔斯（Mumbles）位于威尔士斯旺西（Swansea）。

98. Jean Ingelow: "The Four Bridges".

99. 尤利乌斯·恺撒（Julius Cæsar, 102BC/100BC–44BC），古罗马政治家、军事家，先后征服高卢全境和不列颠。

100. 养蜂人传统谚语，意指一年中，愈往后愈少有花朵供蜜蜂采蜜。

101. Edmund Spenser: *The Faerie Queen*, Canto Seven, 36. 此节描绘狮子座的形态。其中六颗星由南向北组成了一把镰刀，代表狮子的头、颈及鬃毛部分。摘抄诗节删去中间三行。

102. Jean Ingelow: " Honour".

103. George Meredith: " Love in the Valley".

104. 原文作"Great Dragonfly（*Ictinus pugnax*）"，考其正式拉丁名应为"*Ictinogomphus ferox*"，其中

"*Ictinogomphus*" 为叶春蜓属，"*ferox*" 为勇猛好斗，尚无正式中文译名。此种主要分布在非洲，而作者所记英文名应为俗称，拉丁名或为误鉴。

105. 伯克郡（Berkshire）为英格兰东南部一郡。

106. 帕克伍德庄园（Packwood House）为沃里克郡内的一座都铎式庄园，以其红豆杉园著称。

107. 巴尔索尔圣殿（Balsall Temple）为诺尔村附近一处小村庄，其名得自圣殿骑士团（Templars），历史同样悠久。旧属沃里克郡，后划归西米德兰兹郡索利哈尔。

108. 奥古斯都大帝（Emperor Augustus, 63BC–14），本名盖乌斯·奥克塔维厄斯（Gaius Octavius），即"屋大维"，是恺撒大帝的继承者，古罗马帝国的开国皇帝。

109. 英国圣人历中属于使徒巴多罗买的纪念日，常常标志着夏日雨季的结束。

110. R. Combe Miller.

111. Robert Burns: " Peggy".

112. Sir Walter Scott: " Battle of Beal' An Duine", *The Lady of the Lake*.

113. 卡莱尔（Carlisle）位于英国西北部，旧属坎伯兰郡，后划归坎布里亚郡。

114. 珀斯郡（Perthshire）为苏格兰东南部旧郡，1975 年撤销。卡伦德（Callander）位于泰斯河（River Teith）畔，旧属珀斯郡，后划归斯特灵区（Stirling）。

115. 西高地铁道线（West Highland Railway）为苏格兰主要景观火车路线，后纳入伦敦及东北铁道线（London and North Eastern Railway）。奥本（Oban）为苏格兰西部的港口和度假胜地。

116. 门蒂斯湖（Lake of Menteith）、阿伯福伊尔（Aberfoil）、阿克雷湖（Loch Achray）、卡特琳湖（Loch Katrine）和韦纳哈湖（Loch Vennachar）等地均旧属珀斯郡，后划归斯特灵区。特罗萨克斯隘道（The Trossachs）在卡特琳湖和阿克雷湖之间，因司各特《湖上夫人》（*The Lady of the Lake*）一诗而闻名。

117. 堆石山（Putting–stone Hill）。

118. 斯特拉西尔（Strathyre）、洛亨黑德（Lochearnhead）、圣菲伦斯（St. Fillan' s）以及厄恩湖（Loch Earn）均位于苏格兰中部高地。原文误写作北爱尔兰境内湖泊厄恩湖（Loch Erne）。

119. 英文俗名"Heart's ease"多指三色堇，偶尔也指欧洲黄堇菜。按拉丁名则为欧洲黄堇菜无误，此种确有紫花。此处依照拉丁名翻译。

120. Bliss William Carmen (1861–1929): "Golden Rowan".

121. "井枯"和"桥断"分别指九月份的两种极端天气——干旱和洪涝。

122. Alex Smith.

123. Lord Alfred Tennyson: " The Splendor Falls on Castle Walls".

124. 杜恩（Doune）和邓布兰（Dunblane）均旧属珀斯郡，后划归斯特灵区。

125. 因什马霍姆修道院（Inchmahome Priory）为同名小岛上中世纪修道院的遗迹。小岛为门蒂斯湖上诸岛中最大者，遗世独立，只有水路可到。苏格兰女王玛丽一世（1542–1587）幼年时曾在岛上避难。

126. Jean Ingelow: " Scholar and the Carpenter".

127. Edmund Spenser: *The Faerie Queen*, Canto Seven, 39.

128. 阿尔弗雷德·丁尼生：《悼亡集》（*In Memoriam A.H.H.*），第十一首，飞白译，载《英国诗选》，王佐良主编，上海：译文出版社，2011年，第387页。

129. James Grahame (1765–1811): " An Autumn Sabbath Walk".

130. Robert Louis Stevenson (1850–1894): " The Vagabond".

131. 约翰·济慈（John Keats, 1795–1821）：《秋颂》（To Autumn），查良铮译，载《英国诗选》，王佐良主编，上海：译文出版社，2011年，第335–337页。

132. 凯斯顿公地（Keston Common）旧属肯特郡，后划归大伦敦外围布罗姆利区（Bromley）。

133. Matthew Arnold (1822–1888): " The Scholar–Gypsy".

134. Robert Browning: *Sordello*, Book I.

135. William Allingham (1824–1889): " Autumn Sonnet".

136. George Macdonald (1824–1905): " Longing".

137. Robert Browning: " By the Fire–Side".

138. Translated from the German: " The Last Day of Autumn".

139. 珀西·比希·雪莱：《西风颂》（Ode to the West Wind），查良铮译，载《雪莱抒情诗选》，《穆旦译文集》，北京：人民文学出版社，2005 年，第 4 卷，第 87–90 页。

140. 萨里公地（Surrey commons）。萨里为英格兰东南部一郡，毗邻大伦敦。

141. 凯恩顿道（Kineton lane）。凯恩顿为沃里克郡斯特拉特福区一乡村。

142. Robert Burns: " On Hearing a Thrush Sing in His Morning Walk".

143. Edmond Holmes (1850–1934): *The Triumph of Love*, XLVIII.

144. 威廉·莎士比亚：《爱的徒劳》（*Love's Labor's Lost*），第五幕，第二场，朱生豪译，载《莎士比亚全集》，北京：人民文学出版社，1994 年，第一册，第 660 页。

145. Edmund Spenser: *The Faerie Queen*, Canto Seven, 41. 此节描绘摩羯座的形态。

146. Robert Southey (1774–1843): " Winter". 原文 "October" 意指 "October ale"，英国的一种麦芽啤酒。

147. James Graham: *The Birds of Scotland*, Part I.

148. Robert Louis Stevenson: " The House Beautiful".

149. Bishop (Richard) Mant (1776–1848): " The Ivy".

150. 约翰奥格罗茨（John O' Groats）为苏格兰最北端，离大不列颠岛最北端仅几英里。兰兹角（Land's End）为英格兰最西端，爱尔兰最南端。英国俗语 "从兰兹角到约翰奥格罗茨" 意指最大的地面距离。

151. 约克郡（Yorkshire）原为英格兰东北部一郡，1974 年后划分为数郡。东洛锡安（East Lothian）为苏格兰东南部行政区。

索引凡例

（一）索引基本体例为：动植物英文拉丁名，英文名，科属种名，参照页码。拉丁名一律作斜体，英文名均以括号标出，参照页码中若包含图页则优先列出图页，并以加粗字体区分于文字部分页码。由于附录中所收动植物并未一一载诸书中，部分动植物种类之后未予标注页码。

（二）作者所列附录仅为沃里克郡奥尔顿周边所见之动植物，译者在此基础上进行扩充，尽收本书所载之动植物种类，并以红字为识，以示区分。

（三）作者在记载动植物拉丁名时，或出现误鉴，或拼写不规范，或有些属名当时通用而后废弃，诸此种种，译者根据目前通行惯例进行修改，以绿字为识。

（四）作者所列动植物英文名多为通用名，偶或有生僻俗名，为读者查阅方便起见，译者根据情况增益一二俗名，以斜杠 / 为识。

沃里克郡奥尔顿附近及其他地区所见野花名录

─────────────── A ───────────────

Acer campestre（Small Maple）槭树科 – 槭属 – 篱笆槭 **P66/152**

Acer pseudoplatanus（Sycamore/Planetree/Maple）槭树科 – 槭属 – 欧亚槭 / 假悬铃木 **P5/67/152**/40/42/62

Achillea millefolium（Common Yarraow/Mil foil）菊科 – 蓍属 – 蓍

Achillea Ptarmica（Sneeze–wort Yarrow）菊科 – 蓍属 – 喷嚏草 **P114**

Adoxa moschatellina（Tuberous Moschatel）五福花科 – 五福花属 – 五福花 **P34**/16/29

Aesculus Hippocastanum（Horse Chestnut/Europe Buckeye）七叶树科 – 七叶树属 – 欧马栗 / 欧洲七叶树 **P129**/62/140

Agrimonia eupatoria（Common Agrimony）蔷薇科 – 龙牙草属 – 欧洲龙牙草 **P101**

Agrostis vulgaris（Fine Bentgrass）禾本科 – 剪股颖属 – 剪股颖 **P98**

Ajuga reptans（Common Bugle）唇形科 – 筋骨草属 – 匍匐筋骨草 **P69**/62

Alchemilla vulgaris（Lady's Mantle）蔷薇科 – 羽衣草属 – 羽衣草 P66

Alisma plantago（Great Water Plantain）泽泻科 – 泽泻属 – 泽泻 **P111**/110

Galeobdolon luteum（Yellow Weasel Snout）唇形科 – 小野芝麻属 – 黄花小野芝麻 **P69**/66

Galeopsis tetrahil（Hempnettle/Bristlestem Hempnettle）唇形科 – 鼬瓣花属 – 黄鼬瓣花

Galium aparine（Tender Bedstraw/Goose–Grass）茜草科 – 猪殃殃属 – 猪殃殃

Galium boreale（Cross–wort Bedstraw）茜草科 – 拉拉藤属 – 北方拉拉藤 P58

Galium saxatile（Smooth Heath Bedstraw）茜草科 – 拉拉藤属 – 岩生拉拉藤 **P75**/74

Galium verum（Yellow Bedstraw）茜草科 – 拉拉藤属 – 蓬子菜

Geranium lucidum（Shining Cranesbill）牻牛儿苗科 – 老鹳草属 – 光亮老鹳草 P46

Geranium molle（Doves–foot Cranesbill）牻牛儿苗科 – 老鹳草属 – 柔毛老鹳草 P85

Geranium phaeum（Dusky Cranesbill）牻牛儿苗科 – 老鹳草属 – 褐花老鹳草 **P79**/78

Geranium pratense（Meadow Cranesbill）牻牛儿苗科 – 老鹳草属 – 草地老鹳草 **P105**/94

Geranium robertianum（Herb Robert/Wild Geranium）牻牛儿苗科 – 老鹳草属 – 红花老鹳草 **P71**/46

Geum urbinus（Common Avens）蔷薇科 – 水杨梅属 – 城市水杨梅 **P54**/62

Glechoma hederacea（Ground Ivy）唇形科 – 活血丹属 – 欧活血丹 **P49**/10

H

Hedera helix（Common Ivy/English Ivy）五加科 – 常春藤属 – 洋常春藤 **P9**/175

Heracleum sphondylium（Cowparsnip/Cow Parsnip/Common Hogweed）伞形科 – 独活属 – 原独活 / 欧白芷 **P166**/85

Hieracium pilosellum（Mouse Ear Hawkweed）菊科 – 山柳菊属 – 毛山柳菊

Hyacinthoides non–scripta（Bluebell）天门冬科 – 蓝铃花属 – 英国蓝铃花 P57/**61**/42/46/58/62/110

Hypericum perforatum（Perforated St. John's Wort）金丝桃科 – 金丝桃属 – 贯叶连翘 P92

Hypericum pulchrum（Small Upright St. John's Wort）金丝桃科 – 金丝桃属 – 美丽金丝桃 **P93**/92

Hypholoma fasciculare（Sulphur–tuft）球盖菇科 – 垂幕菇属 – 簇生垂幕菇 **P157**/156

I

Ilex aquifolium（Holly）冬青科 – 冬青属 – 枸骨叶冬青 **P66**/171

Iris pseudacorus（Yellow Iris）鸢尾科 – 鸢尾属 – 黄菖蒲 **P84**/85

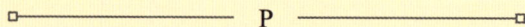

────────── T ──────────

────────── U ──────────

X

Xylaria hypoxylon（Stag' s Horn Fungus）炭角菌科 – 炭角菌属 – 鹿角菌 / 团炭角菌 **P157**/158

沃里克郡奥尔顿附近所见野鸟及其他动物名录

A

Abraxas grossulariata（Magpie Mot）鳞翅目 – 尺蠖蛾科 – 金星尺蛾属 – 醋栗尺蛾 **P105**

Accipiter nisus（Eurasian Sparrowhawk）鹰形目 – 鹰科 – 鹰属 – 雀鹰

Acrocephalus schoenobaenus（Sedge Warbler）雀形目 – 苇莺科 – 苇莺属 – 水蒲苇莺

Aglais urticae（Small Tortoiseshell）蛱蝶科 – 麻蛱蝶属 – 荨麻蛱蝶 **P93**/92

Alauda arvensis（Sky Lark/Laverock）雀形目 – 百灵科 – 云雀属 – 云雀 **P19/26/29**

Alcedo atthis（Common Kingfisher）佛法僧目 – 翠鸟科 – 翠鸟属 – 普通翠鸟 **P102**/162

Anas platyrhynchos（Mallard/Wild Duck）雁形目 – 鸭科 – 鸭属 – 绿头鸭

Anthocharis cardamines（Orange–tip Butterfly）鳞翅目 – 粉蝶科 – 襟粉蝶属 – 红襟粉蝶 **P77**/74

Anthus pratensis（Meadow Pipit/Titlark）雀形目 – 鹡鸰科 – 鹨属 – 草地鹨 **P74**

Anthus trivialis（Tree Pipit）雀形目 – 鹡鸰科 – 鹨属 – 林鹨

Apis mellifica（Hive Bee）膜翅目 – 蜜蜂科 – 蜜蜂属 – 西方蜜蜂 / 欧洲蜜蜂 **P99**

Apus apus（Swift）雨燕目 – 雨燕科 – 雨燕属 – 雨燕 **P50/136**

Ardea cinerea（Gray Heron）鹳形目 – 鹭科 – 鹭属 – 苍鹭 **P42**

B

Bombus lapidarius（Red–tailed Bumblebee）膜翅目 – 蜜蜂科 – 熊蜂属 – 红尾熊蜂 **P96**

Bombus terrestris（Common Bumble Bee）膜翅目 – 蜜蜂科 – 熊蜂属 – 熊蜂或欧洲熊蜂 **P99**

--- C ---

Calopteryx splendens（Demoiselle Dragon–fly/Banded Demoiselle）蜻蜓目 – 色蟌科 – 色蟌属 – 华丽色蟌 **P84/85**

Caprimulgus europaeus（European Nightjar/Goatsucker）夜鹰目 – 夜鹰科 – 夜鹰属 – 欧夜鹰 P162

Carvus corone（Carrion Crow）雀形目 – 鸦科 – 鸦属 – 小嘴乌鸦

Carduelis cannabina（Linnet）雀形目 – 燕雀科 – 金翅雀属 – 赤胸朱顶雀 P74

Carduelis carduelis（Goldfinch）雀形目 – 燕雀科 – 红额金翅雀属 – 红额金翅雀 **P125**

Certhia familiaris（Eurasian Treecreeper）雀形目 – 旋木雀科 – 旋木雀属 – 旋木雀

Chloris chloris（European Greenfinch）雀形目 – 燕雀科 – 金翅雀属 – 欧金翅雀 P74

Cinclus cinclus（Water Ouzel/European Dipper）雀形目 – 河乌科 – 河乌属 – 河乌 P46

Coccothraustes coccothraustes（Hawfinch/Grosbeak）雀形目 – 燕雀科 – 锡嘴雀属 – 锡嘴雀

Coloeus monedula（Western Jackdaw）雀形目 – 鸦科 – 寒鸦属 – 寒鸦

Columba palumbus（Common Wood Pigeon/Ring Dove/Cushat）鸽形目 – 鸠鸽科 – 鸽属 – 斑尾林鸽

Coenonympha pamphilus（Small Heath Butterfly）鳞翅目 – 蛱蝶科 – 珍眼蝶属 – 潘非珍眼蝶 **P75**/74

Corvus frugilegus（Rook）雀形目 – 鸦科 – 鸦属 – 秃鼻乌鸦 **P30**/8/19

Crex crex（Corncrake/Landrail）鹤形目 – 秧鸡科 – 长脚秧鸡属 – 长脚秧鸡

Cuculus canorus（Cuckoo）鹃形目 – 杜鹃科 – 杜鹃属 – 大杜鹃, 俗称布谷鸟 P50/58/87

--- D ---

Delichon urbica（House Martin）雀形目 – 燕科 – 毛脚燕属 – 毛脚燕 **P44**/42/136

--- E ---

Emberiza calandra/Milaria calandra（Corn Bunting）雀形目 – 鹀科 – 鹀属 – 黍鹀

Emberiza citrinella（Yellow Bunting/Yellowhammer）雀形目 – 鹀科 – 鹀属 – 黄鹀 **P134**/29/74

Emberiza schoeniculu（Black–headed Bunting/Reed Bunting）雀形目 – 鹀科 – 鹀属 – 苇鹀 P58/66

Erithacus rubecula（Robin/Redbreast）雀形目 – 鹟科 – 欧亚鸲属 – 欧亚鸲, 俗称知更鸟、红襟鸟、红胸鸲 **P30**/8/16/19/29/
34/46/58/66/87/136/172/176

Matacilla cinerea（Grey Wagtail）雀形目 – 鹡鸰科 – 鹡鸰属 – 灰鹡鸰

Matacilla flava（Yellow Wagtail）雀形目 – 鹡鸰科 – 鹡鸰属 – 黄鹡鸰

Megascops asio（Eastern Screech Owl）鸮形目 – 鸱鸮科 – 鸣角鸮属 – 东美角鸮

Motacilla alba（Pied Wagtail/White Wagtail）雀形目 – 鹡鸰科 – 鹡鸰属 – 白鹡鸰 P29

Muscicapa gresola（Spotted Fly–catcher）雀形目 – 鹟科 – 鹟属 – 斑鹟

──────────────── N ────────────────

Natrix natrix（Grass Snake）有鳞目 – 游蛇科 – 游蛇属 – 游蛇 P51

──────────────── O ────────────────

Oenanthe oenanthe（Wheatear/Northern Wheatear）雀形目 – 鹟科 – 䳭属 – 穗䳭 P34

──────────────── P ────────────────

Parus ater（Coal Tit）雀形目 – 山雀科 – 山雀属 – 煤山雀 **P3**

Parus caeruleus（Blue Tit）雀形目 – 山雀科 – 山雀属 – 青山雀 **P3**/172

Parus caudatus（Long–tailed Tit）雀形目 – 山雀科 – 山雀属 – 银喉长尾山雀

Parus major（Great Tit/Ox–eye Tit）雀形目 – 山雀科 – 山雀属 – 大山雀 **P3**/16/29/46

Parus palustris（Marsh Tit）雀形目 – 山雀科 – 山雀属 – 沼泽山雀

Passer domesticus（House Sparrow）雀形目 – 雀科 – 麻雀属 – 家麻雀 **P30/123**

Perdrix perdix（Partridge）鸡形目 – 雉科 – 山鹑属 – 灰山鹑

Petroica macrocephala（Tomtit/New Zealand Tit）雀形目 – 鸲鹟科 – 鸲鹟属 – 雀鸲鹟 P144

Phasianus colchicus（Ring–necked Pheasant）鸡形目 – 雉科 – 雉属 – 环颈雉

Phoenicurus phoenicurus（Redstart/Fire–tail）雀形目 – 鹟科 – 红尾鸲属 – 欧亚红尾鸲

Phylloscopus collybita（Chiff–chaff）雀形目 – 莺科 – 林莺属 – 叽喳柳莺 **P48/57**/34/46/144

Phylloscopus sibilatrix（Wood Warbler/Wood Wren）雀形目 – 柳莺科 – 柳莺属 – 林柳莺

Phylloscopus trochilus（Willow Warbler/Willow Wren）雀形目 – 莺科 – 柳莺属 – 欧柳莺 **P72**/34/50/74

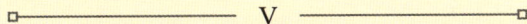

译 后 记

　　二〇一〇年小木头从英国回来，途经北京，给我捎来了这份礼物——一本装帧、插图都十分精美的手写体日记。我对它一见钟情，并以阅读学术论著的认真专注读完了此书。犹记得在阳光灿烂的清晨，我时常追随作者到英国的乡间漫步，陪她探访堇菜林，同她跋涉过沼泽地，一道骑车到远郊，留意鸟蛋的增减，与她徜徉、陶醉于英国乡村悠然自得的美景之中。

　　作者伊迪丝·霍尔登生于伯明翰市郊，是英格兰爱德华时代的乡村女教师，也是当时有名的童书插画家，她的油画曾多次受邀参展。一九〇六至一九〇九年间，她任教于沃里克郡索利哈尔市的一所女校。本书是作者一九〇六年的日志，记录了这一年中她在奥尔顿居所附近所观察到的自然现象；草木虫鱼鸟兽，无所不及。这一年的大多数时间作者居住在奥尔顿，但其间曾两度离开奥尔顿作长途旅行，一次南下德文郡，另一次北上苏格兰，一直到奥本。一九二〇年，霍尔登在英国皇家植物园的河边采集花朵，不慎落入河中，溺水身亡。这本日记于一九七七年首度出版，题为《爱德华时代女士的乡村日记》。或许作者万万没想到，她的日记会在七十年后成为世界级畅销书，一时洛阳纸贵。从一九七七年回望一九〇六年，出乎世人意料的是，七十年前霍尔登笔下的英国乡村已经望断桃源无寻处了，她那生动活泼的记录对于历经战火的读者而言，也因此拥有了"乡愁式的魅力"。尽管霍尔登笔下的英国乡村对中国读者而言是遥远的他乡，但多少还能唤起我这一代人对乡土美好之处的零星记忆。然而，乡村生态及乡土生活，目下正经历着前所未有的巨变。翻译这本书，也正是出于这种乡愁式的怀旧情绪。

　　二〇一二年夏我着手翻译此书，不久即赴美交流一年，次年回国后断断续续翻译过一些，一直到今年六月份才陆续译完。此书日记主体由笔者译成，其他部分的翻译则得到了众多友朋的帮助。本书每个月份下面附录谚语格言，而这构成了翻译过程中相当棘手的一部分。小木头和兔子（姚华）在我翻译的基础上反复切磋琢磨，终稿基本采纳了她们二人的译文。该书作者还引用了大量诗作全篇或片段，其中若已有中译者，本文均引用现有译作，并出注说明，庶几无掠美之嫌；若未出中译或已有中译风格不尽人意者，则另行翻译。其中，兔子为本书贡献了十二月所引诗歌全篇或片段的翻译（斯宾塞《仙后》之"十二月"、骚塞《冬日》、格雷厄姆《苏格兰的鸟儿》、罗·路·史蒂文森《漂亮小屋》、曼特主教《常春藤》）。小木头为我修改、润色一月的日记，并翻译罗伯特·彭斯《春之将至，哀玛丽——苏格兰女王》、《致一支山雏菊》，伊·巴·布朗宁译萨福《玫瑰之歌》等诗。

　　值得一提的是，本书是部博物学性质的日志，知识涵盖面很广，所涉及的知识又很专门。

作者霍尔登本职为插画家兼教师，草木虫鱼之好仅为业余兴趣。这并非贬抑之词。萨义德曾在他的《知识分子论》中倡导"业余"，因为"业余"在过于专门化的今日有着不可忽视的积极意义。"业余爱好"意味着盎然的兴致、无有利益侵扰的纯粹精神。当然，"业余爱好者"也有其不可避免的问题。本书作者在记录动植物拉丁学名时，有不少讹误之处，也有不少想当然处。不过，对于业余爱好者，也就难以求全责备、吹毛求疵了。与作者一样，笔者亦仅为业余爱好者，而非方面之专家，因此本书的译成仍存在诸多疏漏之处。笔者在翻译此书动植物学名过程中遇到了诸多困难，除了要辨析作者的误判或讹误之外，还要为一些欧洲属种定名。由于不少动植物属种未见于中国或仅见于欧洲，因此一直没有相应的中文译名。植物名录的翻译，包括欧洲属种的中文定名，经过北大生命科学院汪劲武教授的细心考证和校订，基本吸收了他的修改意见。昆虫方面，多谢北大哲学系科学技术史专业博士生蒋澈为我解答疑惑；鸟类附录，多亏未曾谋面的绿色生命协会大牛闻丞兄细心校对。本书的翻译仍存在不少问题，欢迎各方面专家来信指出错误（countrydiary1906@163.com）。

最后，我尤其要感谢我的编辑小木头。她为此书付出了大量心血。她对此书韵文翻译提出的修改意见及所践行的润色工作，可谓妙手回春。她那春风化雨的诗心诗语，让我在校稿疲顿之时得以重返文字的光辉殿堂。如果说此书的诗歌翻译有任何可圈可点之处，那无疑均得益于她的点铁成金。

二〇〇九年我和小木头、兔子等好友一同选修了北大哲学系刘华杰老师的"博物学导论"课程。在这门课上，我们接触到了一批自然人文经典，诸如《瓦尔登湖》《沙郡年鉴》《寂静的春天》《植物的欲望》等，无论是原著还是译作，均深入浅出、清通隽永。这门课开设在春季，大部分时间刘华杰老师领着我们在草长莺飞的燕园中漫步，辨识草木。我们曾深入到鸣鹤园深处的芦苇丛中，也曾匍匐在长着点地梅的草地上，寻找春天的秘密。以业余身份来翻译此书，或许正应了博物学的题中应有之意。这本书的译成，是一份集体合作完成的博物学"作业"。

谨以此书献给我们共同的母校和美丽神秘的燕园！

紫云
于畅春新园
二〇一五年六月五日

翻译主要参考书

（一） 植物

魏景超：《真菌鉴定手册》，上海：上海科技出版社，1979 年；

邢公侠：《蕨类名词及名称》，北京：科学出版社，1982 年；

侯宽昭编、吴德邻等修订：《中国种子植物科属词典》，北京：科学出版社，1982 年第 2 版；

丁广奇、王学文编：《植物学名解释》，北京：科学出版社，1987 年；

尚衍重编：《种子植物名称》，中国林业出版社，1991 年；

朱家枏：《拉汉英种子植物名称》，北京：科学出版社，2001 年；

[德] 奥托·威廉·汤姆著：《奥托手绘彩色植物图谱》，北京：北京大学出版社，2012 年；

（二） 动物

郑作新主编：《世界鸟类名称》（拉汉英对照），北京；科学出版社，2002 年第 2 版；

张光美主编：《世界鸟类分类与分布名录》，北京：科学出版社，2002 年；

忻介六、夏松云编：《英汉昆虫俗名词汇》，长沙：湖南人民出版社，1978 年；

萧刚柔主编：《拉汉英昆虫蜱螨蜘蛛线虫名称》，北京：中国林业出版社，1997 年；

寿建新、周尧、李宇飞等编：《世界蝴蝶分类名录》，西安：陕西科学技术出版社，2006 年。

图书在版编目（CIP）数据

一九〇六：英伦乡野手记 / （英）霍尔登
(Holden, E.) 著；紫云译. -- 上海：上海译文出版社，
2016.3（2023.11 重印）
（山杯系列·写生簿）
书名原文：The Country Diary of an Edwardian Lady
ISBN 978-7-5327-7040-3

Ⅰ．①一… Ⅱ．①霍… ②紫… Ⅲ．①日记－作品集
－英国－近代 Ⅳ．① 1561.64

中国版本图书馆 CIP 数据核字（2015）第 190863 号

Edith Holden
The Country Diary of an Edwardian Lady
根据 Webb & Bower Ltd 1977 年版译出
Copyright© Rowena Stott (Designs) Ltd. & Lilytig Limited
Licensed by The Copyrights Group Limited

一九〇六：英伦乡野手记

［英］伊迪丝·霍尔登 著　紫云 译
责任编辑 / 莫晓敏　　　中文抄写 / 邵旻　装帧设计 / 邵旻
上海译文出版社有限公司出版、发行
网址：www.yiwen.com.cn
201101　上海市闵行区号景路 159 弄B座
浙江新华数码印务有限公司印刷

开本 890×1240　1/24　印张 9　插页 4　字数 72,000
2016 年 3 月第 1 版　　2023 年 11 月第 10 次印刷
印数 34,701-36,200 册

ISBN 978-7-5327-7040-3/Ⅰ·4265
定价：128.00 元